Saila Moilanen

Vanha majakka ja muita novellikertomuksia

Kustantaja: BoD – Books on Demand, Helsinki, Suomi
Valmistaja: BoD – Books on Demand, Norderstedt, Saksa

ISBN: 978-952-80-4348-5

Sisällysluettelo

Lumottu peili

Tämän tarinan olen kuullut haltioilta. Syystuulien aikaan, kun puiden lehdet muuttivat värinsä vihreästä kullanpunertavaksi, olin palaamassa jälleen yhdeltä matkaltani kotia kohti. Sydämeni oli aina halajanut nähdä meren, suuren ja tuntemattoman meren joka näytti jatkuvan loputtomiin.

Koko sydämestäni halusin kuunnella aaltojen ääntä, meren laulua, jo kauan sitten unohdettua säveltä. Nostaa purjeet ja kiitää yli tyrskyjen ja aaltojen. Kuljin mietteissäni kun yhtäkkiä näin valon hehkun Itkuvuorten lähettyvillä, ja huomasin että väkeä istui iloisesti räiskyvän nuotion äärellä. Astelin matkalaisten luokse, esittelin itseni ja kumarsin kohteliaasti. Pyysin heiltä lupaa päästä hetkeksi lämmittelemään. Sillä vaikka aurinko oli lämmittänyt päivällä, niin iltaa kohden oli ilma alkanut viilentyä. Talvi teki tuloaan. Nuotion äärellä istui joukko miespuolisia haltioita. Eräs haltia joka oli pitkä ja haltioiden mittapuullakin mitattuna erittäin kaunis katsella, nousi ylös tervehtien ja viittoili minua istuutumaan viereensä. Hänen pitkä musta tukkansa oli palmikoitu yksinkertaisesti nahkaisella nauhalla ja hänellä oli yllään vihreät housut ja pitkähihainen paita. Kangas oli kauneinta laatua mitä olin nähnyt. Vaatteita koristivat myös pienet hopeiset tähdet paidan kauluksessa sekä hihansuissa. Päässään hänellä oli oikeista oksista ja lehdistä taitaen punottu seppele.

'Mikä on nimenne?', minä kysyin. 'Nimeni on Galdor', haltia sanoi hymyillen ja hänen siniset silmänsä loistivat kirkkaina. 'Entä kenen kanssa minulla on kunnia keskustella?', Galdor kysyi. Toiset haltiat eivät näyttäneet kuuntelevan, sillä he olivat keskittyneet johonkin tarinaan jota eräs heistä juuri kertoi. Galdor oli kääntynyt minua kohti ja odotti kohteliaasti kunnes vastaisin. 'Te kysytte minun nimeäni, ja on oikein että kerron sen teille koska tekin kerroitte minulle omanne. Olen Elwin, Eor nuoremman poika.' Nimeni tuntui tekevän vaikutuksen Galdoriin. Hän nousi ylös ja pyysi hetken hiljaisuutta. Kaikki kääntyivät katsomaan kun Galdor osoitti kädellään minua kohti ja sanoi; 'Saanko esitellä Eor Suuren huonetta, Eor nuoremman pojan, Elwinin. Hänen sukupuunsa ei todellakaan kalpene meidän rinnallamme. Hän on ihmisten ensimmäisten kuninkaitten sukua.' Haltioiden kasvoilta kuvastui syvä kunnioitus. 'Kuulkaa, minä olen vain eräs kulkija joka sattui pysähtymään teidän luonanne, ja pyytäisin että kertoisitte minulle jonkin tarinan.' Galdor istuutui alas. 'Aina on aikaa hyville tarinoille', hän sanoi hymyillen ja ojentaen minulle lämmintä keittoa. Kaikkien silmät olivat kohdistuneet tarinankertojaan. Tulenkipunat tanssivat nuotiossa ja metsäkin tuntui hiljentyneen kuuntelemaan. Ensimmäiset tähdet syttyivät iltataivaalle. Galdor istui silmät kiinni. Näytti siltä kuin hän olisi unohtunut ajatuksiinsa. Sitten hän avasi silmänsä ja alkoi tarinansa joka kuljetti meidät toiseen aikaan ja paikkaan. 'Minä kerron teille tarinan lumotusta peilistä.' Galdorin ääni oli kirkas ja se tuntui saavan hetkessä kaiken huomion kuulijoissa. Tarinan henkilöt heräsivät eloon. Aivan kuin olisi pystynyt näkemään heidän silmillään, kuulemaan heidän korvillaan ja tuntemaan heidän sydämellään.

Cirende seisoi vaiti Synkän Metsän rajalla korpinmustan tukkansa valuessa valtoimenaan selkäänsä pitkin, kun hän yhtäkkiä kuuli takaansa tutun äänen, tassujen pehmeän askelluksen. Häntä kohti käveli suuri susi, jolla oli musta turkki ja ystävälliset sysitummat silmät jotka katsoivat suoraan häneen. Susi murahti hiljaa, ja pysähtyi lähelle häntä. Siinä he seisoivat pitkän aikaa katsellen toisiaan. Cirende huomasi että suden silmät olivat oikeasti tumman ruskeat, jotka hämärässä näyttivät melkein mustilta. "Gabriel", Cirende lausui nimen hellästi. Susi urahti myöntymiseksi ja sulki silmänsä. Hetkessä tuntui kuin maa olisi tärähdellyt, taivas tuntui pimentyneen ja kirkas välähdys sokaisi Cirenden silmiä. Suden paikalla seisoi pitkä ja hoikka mies, jolla oli lihaksikas ylävartalo ja niin kaunispiirteiset

9

kasvot että ne tuntuivat hohtavan valoa hämärässä. Miehen tummanruskea tukka punertui latvoista. Hänen silmänsä olivat yhtä ruskeat kuin tukkakin, vain pelmeämmän sävyiset. Cirende astui lähemmäs ja hymyillen Gabriel otti häntä kädestä kiinni. Yhdessä he lähtivät kulkemaan alaspäin viettävää polkua. Polku oli helppokulkuinen ja sen vierellä solisi iloisesti puro. He kulkivat eteenpäin jonkin matkaa kunnes saapuivat laajojen peltojen läheisyyteen jatkaen matkaansa kohti edessään näkyvää laaksoa, jonne heidän iloinen matkaseuralaisensa, pikku puro, jatkoi myös kulkuaan. He saapuivat Lehmuslaakson rajalle jota vartioitiin tarkasti. He kuulivat veden laulun voimistuvan, sillä puro oli kerännyt muita kaltaisiaan joukkoonsa, ja niistä oli kasvanut syvä joki jonka ylitse kulki silta. Siltaa vartioitiin, mutta vartijat olivat näkymättömissä ja he saivat kulkea esteettä. Siltaa ja koko Lehmuslaaksoa nimittäin suojeli haltiakuninkaan taika.

He kulkivat suurten kukkaniittyjen ohitse jotka kukkivat juuri sillä hetkellä ja ilman täytti suloinen tuoksu. Lopulta he saapuivat perille ja heidän eteensä avautui näkymä valkeana hohtavaan kaupunkiin, jota reunustivat vuoret, sekä suuri vesiputous kaupungin sydämessä joka lauloi iloisesti tervehtien tulijoita. Kaupunki oli kaunis, talot oli tehty taitaen puusta jossa oli monimutkaisia koristekuvioita kaiverrettuina. Kadut olivat kuin valkoisista helmistä tehdyt ja katot olivat kuin aallonharja.

Ikkunoissa oli kimaltelevaa lasia, joka välkkyi kuin timantti myöhäisauringon paistaessa laaksoon. Tämä oli Cirenden ja Gabrielin koti, haltioiden salainen Lehmuslaakso. Sinne ei yksikään ihminen löytänyt, ellei haltia häntä johdattanut.

Paikka oli suojattu loitsuin ja taioin, jotka oli langettanut Cirenden isä Galahad, haltiakuningas, joka oli suurin kaikista haltioista. Galahad oli pitkä ja hänellä oli vahvat raajat, hoikat sormet kuten tyttärellään, ja hänen kullanhohtoinen pitkä tukkansa oli kuin kultainen meri hänen valkeana hohtavaa ihoaan vasten.

Gabriel taas oli 'muotonsamuuttajia'. Se oli harvinaista jopa haltioiden mittapuulla. Kaikilla haltioilla oli jokin syntymästä saatu lahja. Jotkut pystyivät muuttumaan näkymättömäksi, jotkut omasivat haltioidenkin mittapuulla valtavat voimat ja kestävyyden, jotkut osasivat "tulkita" ajatuksia. Toiset taas pystyivät näkemään välähdyksiä tulevaisuudesta, heitä kutsuttiin näkijöiksi, joihin Cirenden äiti Lisibeth oli myös kuulunut. Ihmisten joukossa hänet oli tunnettu nimellä Sophia. Cirenden äiti oli ollut kuolevainen ihminen, köyhän maanviljelijän tytär, joka oli ollut silti kuuluisa kauneudestaan. Hänellä oli ollut näkijän kykyjä äitinsä puolelta jo ennenkuin hän tapasi Galahadin.

Galahad oli löytänyt eräänä päivänä sattumalta Sophian

eksyneenä metsään. Galahad oli katsonut neitoa sinisillä silmillään, jotka olivat uskomattoman lempeät ja ystävälliset, ja Sophia oli rakastunut häneen sillä samaisella hetkellä, kuten hän oli kertonut myöhemmin tyttärelleen. Cirende oli aina rakastanut sitä tarinaa miten hänen vanhempansa olivat tavanneet. Galahad oli tehnyt Sophiasta kuningattarensa, ja hän oli saanut haltianimen, Lisibeth, 'valkea kukka'. Lisibethin lahja oli voimistunut hänen juotuaan Lehmuslaakson läpi virtaavasta joesta, jota kutsuttiin nimellä Yngwir. Kyseisen joen vesi oli lumottua, ja sen sanottiin omaavan salaperäisiä voimia.

Täten Lisibethistä tuli melkein yhtä mahtava voimiltaan kuin muista haltianaisista. Juotuaan Yngwirin vettä Lisibeth oli saanut myös normaalia pidemmän elämän kuin mitä ihmisille on normaalisti suotu, vaikuttavat 200 vuotta laskien siitä kun Galahad oli tehnyt hänestä kuningattaren, ja tuon elämänjanan puolivälissä oli syntynyt Cirende. Mutta lumottu vesikään ei pystynyt muuttamaan häntä kokonaan, ja lopulta hänen sydämensä, vaikka olikin vahva, ei enää kestänyt, ja Lisibeth kuihtui pois. Galahad oli surusta murtuneena haudannut vaimonsa lähelle kuninkaan linnaa, ja Lisibethin haudalla kasvoi aina siitä lähtien valkoisia kukkia hänen nimensä mukaisesti, oli sitten talvi taikka kesä.

Itseasiassa Cirende oli saanut mustat, hiukan kiharat

hiuksensa äidiltään (Cirende tunnettiin myös nimellä 'korpintukka') ja lemmikinsiniset silmät isältään. Ne olivat kuin kaksi pohjatonta metsälampea, joiden pinta väreili auringonvalon osuessa niihin. Cirende tarkoitti haltioiden kielellä 'Yöntähti'. Cirende oli perinyt äitinsä lahjan, ennaltanäkemisen. Näyt olivat verhottu kuvin ja arvoituksin, mutta Cirende oli tullut jo taitavaksi niiden tulkinnoissa.

Gabriel oli syntyisin eräästä toisesta haltiaheimosta, jotka elivät milloin missäkin, ja kulkivat päämäärättä. Mutta Gabrielin isä ja äiti olivat lopulta kyllästyneet tähän elämäntapaan, ja olivat pyytäneet lupaa päästä asumaan Lehmuslaaksoon, jossa Gabrielin isä sittemmin toimi seppänä. Kyseisellä heimolla sanottiin olevan kaikilla voima muuttua joksikin eläinhahmoksi. Gabrielin isä pystyi muuttumaan suureksi ruskeaksi karhuksi, ja hänen äidistään tuli metsäkauris, jonka nopeus oli vailla vertaansa. Gabriel oli saanut suden hahmon. Hänen isänsä kertoi että kun Gabriel syntyi, oli lähistöllä liikkunut suuri harmaa susi, joka ei tehnyt heille pahaa, oli vain istunut monta päivää odottamassa lapsen syntymää. Syntymän jälkeen susi oli lähtenyt pois eikä sitä enää nähty, paitsi Gabriel sanoi nähneensä joskus kyseisen suden joka oli seurannut häntä ja kadonnut sitten salaperäisesti.

Galahad halasi tytärtään, jonka Lisibeth oli hänelle

lahjoittanut. "Isä, anna anteeksi että tulen näin myöhään, tiedän ettet pidä siitä kun liikun ulkona iltahämärän jälkeen", Cirende sanoi. "Kultaseni, kyllä minä luotan sinuun, ja onneksi Gabriel oli kanssasi", Galahad sanoi ja vilkaisi syrjäsilmällä Gabrielia joka seisoskeli parin askeleen päässä katsellen taivaalle, "mutta minulla tosiaan olisi parempi mielenrauha jos tietäisin sinun olevan turvassa". "Isä, kyllä minä pystyn huolehtimaan itsestäni", Cirende hymyili isälleen ja antoi suukon tämän poskelle. Nykyisin Galahadin silmissä oli useimmiten surumielinen ilme, ja hänen nähtiin usein katselevan sinne missä kukat kukkivat Lisibethin haudalla. Mutta tytärtään katsoessaan Galahadin silmät loistivat melkein entisenlaisina, hämyisinä ja silti niin kirkkaina kuin tähti pilviverhon takaa. Hän katseli tyttärensä perään tämän kulkiessa Gabriel vierellään, ja hänestä näytti kuin Gabrielin ympäriltä olisi säteillyt valo joka kietoitui Cirenden ylle suojellen tätä kaikelta. Galahadin silmät muuttuivat tummiksi surusta. Gabriel langetti muotonsamuuttujien kykyihin kuuluvaa suojataikaa Cirenden ylle, sen saattoi nähdä hämyisenä valona, melkein kuin 'kuplana' kohteen ympärille kietoutuneena. Taika suojasi kohteen ajatuksia, ruumista ja saattoi joskus tehdä tämän jopa näkymättömäksi jos langettaja oli tarpeeksi voimakas. Tämä nuorukainen siis tuntui välittävän hänen tyttärestään, ja Galahad

14

päätti että ottaisi asian vielä puheeksi hänen kanssaan. Näissä mietteissään hän kääntyi ja lähti kulkemaan taas tuttua polkua vaimonsa haudalle.

Sillä välin Cirende oli kulkenut Gabrielin kanssa suurelle vesiputoukselle kaupungin keskellä. Hän istahti kivituolille, jota kiersivät muratit ja muut köynnöskasvit. Juuri sillä hetkellä Cirendeä ilahduttivat tuhannet eri kukkien tuoksut ja värit. Hän tunsi Gabrielin vierellään, kun tämä istahti tuolille. Cirende vilkaisi mieheen, joka oli ollut hänen paras ystävänsä lapsesta asti. Miten erilaiselta hän näyttikään. Miten hän ei ollut aikaisemmin huomannut miten syvät ja mietteliäät silmät Gabrielilla olivatkaan, ja miten tämän kaunismuotoinen suu kääntyi välillä uneksivaan hymyyn. Cirende kääntyi Gabrieliin päin nähden samalla miten miehen kasvoilla ja silmissä näytti risteilevän tuhannet eri tunteiden vivahteet. Cirende nousi ylös ja käveli edestakaisin kiihtyneen oloisena. Gabriel oli parilla harppauksella Cirenden vierellä. "Onko kaikki hyvin?", hän kysyi huolestunut ilme silmissään. Cirende katsoi häntä mutta miehen silmät näyttivät jälleen yhtä levollisilta kuin tyyni metsälammen pinta. "Ei, ei minulla ole mitään hätää. Anteeksi Gabe, mutta minun täytyy mennä jo maaten", Cirende sanoi ja antoi hellän suukon tuskin hipaisten Gabrielin lämmintä poskea. Gabriel toivotti hyvät yöt ja kumartaen poistui paikalta. Cirende käveli jälleen huoneessaan edestakaisin sydän hakaten, ja huomasi katselevansa ikkunasta Gabrielin ripeätä kulkua kunnes hän hävisi läheisen metsän siimekseen. Cirende nukahti lopulta rauhattomaan uneen, ja hänen ikkunansa alla nukkui musta susi.

Kului viikkoja ja Cirende ja Gabriel viettivät paljon aikaa yhdessä. Cirende oli huomannut että hän elätteli paljon tunteita tätä miestä kohtaan. Eräänä päivänä Gabrielin piti lähteä käymään vierailulle kaukana asuvien sukulaistensa luokse, heimon joka muutti elinpaikkaansa säännöllisesti. Gabrielin hyvästeltyä hänet Cirende tunsi miten tyhjyys palasi hänen elämäänsä, niin kuin aina silloin kun Gabriel oli kaukana. Cirende saattoi tuntea miehen läsnäolon,aivan kuin suojelevan viitan yllään. Cirende oli hyvin levoton kolmantena päivänä Gabrielin mentyä. Hän ei pystynyt keskittymään tekemisiinsä, ja niinpä hän päätti lähteä kävelylle rauhoittaakseen mieltäänsä.

Iltahämärä oli vielä kaukana, joten hän ajatteli että ehtisi käydä katsomassa Synkkää Metsää ja palata ennen pimeän tuloa. Metsä näytti edelleen pelottavalta mutta samaan aikaan kiehtovalta. Cirende katseli kaukaisuuteen seisoen paikallaan kuin nuori puu, joka seisoo juuret tukevasti maassa. Kevyt tuuli tanssitti hänen hiuksiaan. Huomaamattaan, miltein kuin jonkin voiman vetämänä Cirende lähti kulkemaan pientä polkua, jota tuskin erotti juuri tippuneiden lehtien seasta. Näytti että sitä käytettiin säännöllisesti. Cirende kulki kulkemistaan kunnes hänestä tuntui että hän olisi kulkenut jo monta kilometriä. Juuri kun hän oli pysähtymässä hän saapuikin yhtäkkiä aukiolle, jota hallitsi suuri tammi jonka oksat tuntuivat verhoavan koko aukion syleilyynsä. Puun lähettyvillä oli suuri kivinen paasi, jota reunustivat pienemmät kivet ympyränä. 'Mikä paikka tämä oikein on?', Cirende ajatteli. Siinä samassa hän kuuli liikettä takaansa ja kääntyi katsomaan nähden varjon vilahtavan puiden takana. "Gabriel?", Cirende kysyi ääni väristen. Metsän pimeydestä saapui tumma hahmo joka liikkui häntä kohti. Miehen silmät olivat tummanpuhuvat ja suu oli kääntynyt ilkeään virnistykseen. "Kukas se täällä liikkuu", tämä puhui paksulla äänellä, hieman murtaen. Mies oli pitkä ja hieman tukeva eikä hänen tumma tukkansa ollut kampaa nähnytkään. Cirende tunsi pelon väristyksen selässään mutta puhuessaan hän tavoitteli syvän viileää ja rauhallista ääntä. "Anteeksi, olen tainnut eksyä, voitteko neuvoa tien pois metsästä?". Mies puhkesi ivalliseen nauruun. "Kuules pikkuinen, olet nyt meidän alueellamme, ja koska minä löysin sinut ensin, sinä kuulut minulle." Mies astahti lähemmäs ilkeä pilke silmissään. Cirende kääntyi ja lähti juoksemaan tulosuuntaansa, mutta kuuli miehen lähtevän kiroillen ja sadatellen hänen peräänsä. Cirende oli kuitenkin nopea, kiitos haltioiden kevyen ja ripeän askeleen, mutta ihme kyllä mies tuntui tavoittavan häntä. Cirende parahti kivusta miehen heittäytyessä hänen päällensä ja heidän kaatuessaan päistikkää maahan. Mies tarttui häntä käsistä ja pusersi ne maahan suurten käsiensä loukkuun. Cirende näki vain miehen tummat silmät jotka katsoivat häntä ahnaasti, ja syvältä hänen sisimmästään purkautui huuto joka tuntui kantavan tuulen mukana kauas. 'Gabriel!'. Cirende tunsi miten hän häilyi tajunnan rajamailla. Maailma tuntui muuttuneen pimeäksi ja lohduttomaksi. Cirende oli kuulevinaan kaukaisuudesta juoksuaskeleita. Juuri silloin suuri musta susi hyppäsi esiin täysin yllättäen.

Susi kaatoi miehen ja kuului vertahyytävää murinaa ja ärjyntää. Mies taisteli itseään puolta isomman suden kanssa, ja välillä ilmoille nousi suden ulinaa kun mies sai osuman. Yhtäkkiä metsä hiljeni, ja Cirende hengitti katkonaisesti uskaltamatta avata silmiään. Cirende kuuli askelia viereltään ja tunsi käden laskeutuvan olalleen. "Cirende rakas, oletko kunnossa?", hento ääni puhui pimeydestä. Cirende huokaisi helpotuksesta ja heittäytyi Gabrielin syliin. Gabriel nosti hänet syliinsä kuin hän ei painaisi mitään ja lähti kantamaan häntä pois metsästä. Kun he lopulta pääsivät ulos, kuu paistoi hopeisena taivaalla. Gabriel laski Cirenden ruohikolle ja silitti hänen hiuksiaan. "Anna anteeksi, Gabe, minun ei olisi pitänyt mennä metsään". Gabriel veti Cirenden lähemmäs itseään ja keinutti häntä sylissään. "Ei hätää rakas, Synkkä Metsä voi olla petollinen." Cirende nosti katseensa Gabrielin tummina häilyviin silmiin, jotka olivat kuin sulaa kultaa kuun luodessa niihin loistettaan. Gabriel silitti Cirenden poskea hellästi, ja miehen hymy oli haikean suloinen.

"Rakastan sinua, Cirende." Gabriel lausui juhlallisesti katsoen häntä suoraan silmiin. Cirenden valtasi lämmin tunne joka levisi hänen sydämestään aina sormenpäihin asti. "Ja minä rakastan sinua."

Cirende muisteli sitä, kun hän oli aina uteliaana sieluna pyytänyt Gabrielia kertomaan kaltaisistaan. "Gabe, ole kiltti. Kerro minulle!", Cirende oli anellut ja suorastaan roikkunut Gabrielin perässä heidän ollessaan lapsia. Gabriel oli nauranut ja kääntänyt ilakoivat suklaasilmänsä kohti Cirenden malttamattomia kasvoja vastaten että hän kertoo kaiken ajallaan. Cirende oli pettynyt, mutta unohtanut lopulta asian. Mutta pian oli koittanut se päivä, kun hän oli itse nähnyt ensimmäistä kertaa Gabrielin muuttavan muotoaan. Gabriel ei ollut koskaan halunnut Cirenden näkevän hänen muuttumistaan, hän taisi hävetä itseään jonkin verran. Hän ei halunnut Cirenden näkevän häntä eläimenä. Sitten eräänä päivänä oli metsäläisiä eksynyt

19

liian lähelle Lehmuslaaksoa, nämä ihmisten hylkiöt, pahimmat rosvot. Galahadin taika suojasi laaksoa niin että ulkopuoliset eivät päässeet laaksoon ilman haltian kutsua taikka johdatusta, mutta nämä roistot olivat valepuvussa saaneet suostuteltua erään nuoren haltiapojan, joka kuului muotonsamuuttujiin, viemään heidät laaksoon. Miehet olivat esittäytyneet kulkureiksi jotka anoivat yöpaikkaa. Haltiat olivat kuitenkin pohjimmiltaan vieraanvaraista kansaa.

Tämä poika oli ollut vain kuudentoista vanha, jolloin muotonsamuuttujien voimat yleensä heräävät. Poika oli vastikään saanut tietää hahmonsa, joka oli punertavaturkkinen kettu. Pojan nimi oli Dimitri, ja hän oli pitkänhuiskea hauskannäköinen poika, jolla oli ruskea tukka ja siniset silmät. Kun nämä "kulkurit" olivat päässeet laaksoon, Galahad oli heti aavistanut pahaa. Cirende muisti että hän oli nähnyt ensimmäisen näkynsä, joka oli välähtänyt hänen mielessään kuin elokuva pikakelauksella. Hän oli nähnyt viittoihin pukeutuneet miehet, ja seuraavaksi punaturkkisen ketun. Ja mustan suden hahmon. Mutta ennen kuin Cirende oli ehtinyt varoittamaan isäänsä taikka Gabrielia, miehet olivat jo saapuneet perille, ja heittäen viitat yltään miehistä isokokoisin, joka oli ilmeisesti johtaja, oli huutanut ilmoille uhkauksensa ryöstää koko Lehmuslaakson. Miehiä oli ollut kolme, ja isoin mies, jolla oli pitkä musta sotkuinen tukka oli luonut ilkeän silmäyksen Cirendeen päin. Kaksi muuta miestä olivat mitäänsanomattoman näköisiä, mutta heillä oli ollut yllään samankaltaiset risaiset vaatteet sekä pitkät hiukset. Mutta ennen kuin johtaja oli ehtinyt ottaa askeltakaan Cirendeä kohti oli Gabriel juossut metsästä esiin, huutanut miehille jotka olivat kääntyneet äkkiä tulijaan päin ja solvaukset olivat kaikuneet ilmassa. Dimitri, joka oli ihaillut suuresti Gabrielia, oli erittäin suutuksissaan siitä että oli antanut pettää itseään. Ennen kuin Gabriel oli ehtinyt pojan luokse tämä oli jo muuttunut hetkessä valtavan räjähdyksen voimasta sorjaksi punaketuksi, ja lähtenyt raketin lailla juoksemaan miehiä kohti paljastaen samalla hampaansa.

Cirende muisti vain sekasorron, Gabrielin hätääntyneen huudon kun hän huusi poikaa nimeltä. Hetkessä Gabriel oli muuttunut samanlaisen räjähdyksen saattelemana suureksi, mustaksi sudeksi, jonka tummat silmät olivat leimunneet punaista tulta. Suden suusta oli päässyt matala murina kuin suoraan maan povesta kumpuilevana, ja ääni oli täyttänyt aukion. Samassa kettu oli iskenyt hampaansa isoimpaan miehistä, ja mustatukkainen mies oli kiljahtaen kivusta iskenyt kettua suurella, raskaalla puisella kepillä päähän. Kettu oli ulvahtaen kivusta lyyhistynyt maahan. Samassa susi oli iskenyt

21

miehiin kiinni, ja hetken aikaa oli vallinnyt täysi sekasorto, eivätkä haltiat pystyneet tekemään mitään, etteivät olisi satuttaneet samalla Gabrielia. Lopulta susi oli ajanut heidät tiehensä, miehet eriastettain loukkaantuneina. Hiljaisuus oli laskeutunut aukiolle kuin kuoleman varjo. Cirende oli juossut Dimitrin luokse joka oli jo muuttunut takaisin haltiahahmoonsa. Pojan kasvot olivat veressä, ja hän makasi liikkumattomana maassa. Galahad oli huudellut käskyjään ja kutsunut parantajat paikalle. He nostivat pojan velton ruumiin Cirenden syleilystä, ja veivät tämän parantolaan. Gabriel oli palannut takaisin aukiolle Cirenden istuessa maassa polviensa varassa ja käsissään verta, joka oli ollut yhtä punaista kuin Dimitrin kettuhahmon turkki.

Cirende oli kohottanut katseensa Gabrielin tummina hehkuviin silmiin, joissa oli näkynyt kyyneleitä. Oli tuntunut että hänen silmissään olisivat risteilleet samaanaikaan niin anteeksipyyntö, häpeä, kuin pohjaton suru, jotka olivat olleet kuin pisto Cirenden sydämessä. Cirende oli huomannut silloin ensimmäisen kerran miten Gabriel pystyi muuttumaan täksi suureksi sudeksi, joka oli aina oleva osa häntä. Eikä Cirende ollut voinut muuta kuin ihailla ja rakastaa Gabrielia. Huomattuaan ettei veri ollut Cirenden, Gabriel oli päättäväisenä halunnut nähdä Dimitrin. Hän oli valvonut pojan sängyn vierellä kokonaiset kolme päivää, jona poika oli tajuton. Kunnes neljäntenä päivänä aamunsarastuksen aikaan oli Dimitri vihdoin avannut siniset silmänsä ja suonut Gabrielille tutun hymynsä.

Gabriel oli tuntunut vanhentuneen kymmenen vuotta noina kolmena päivänä, jolloin hän ei ollut syönyt eikä nukkunut, ja hän oli ollut kuin varjo entisestään. Mutta Dimitri saatiin parannetuksi, kiitos haltioiden parannustaitojen sekä koska Dimitri oli muotonsamuuttaja, hänen kehonsa parantui haltioidenkin mittapuulla ihailtavan hyvin. Dimitrille oli jäänyt ainoastaan muistoksi pieni arpi otsaan joka kulki vasemman silmän yläpuolella hiusrajassa. Dimitri oli sanonut ylpeänä että se oli hänen ensimmäinen taisteluarpensa, ja Gabriel oli nauraen sanonut että se oli ollut aika hyvä taistelu tuollaiselta hujopilta, joksi hän leikillään tapasi nimittää Dimitriä.

Ja sen jälkeen oli nauru maittanut sekä Dimitrille että Gabrielille, vaikka Cirende tiesi että Gabriel oli ollut todella peloissaan tilanteesta. Ja että hän oli vältellyt Cirenden seuraa tapahtuneen jälkeen viikon verran, kunnes Cirende oli lopulta saanut puhuttua hänen kanssaan, ja vakuuttanut että hän ei pelännyt Gabrielia, että hän ei koskaan voisi pelätä tätä. Ja silloin Cirende oli aavistanut sydämessään rakastavansa tuota miestä, samoin kuin sitä mustaa sutta, joka oli Gabrielin toinen puoli. Gabriel oli lopulta uskonut, ja vannonut aina suojelevansa

Cirendeä. Sen jälkeen he olivat olleet entistäkin läheisemmät.

"Gabe?" Cirende kuiskasi niin hiljaa että Gabe tuski kuuli sitä. "Mmm...mitä?" Gaben ääni oli samettia. "Muistatko silloin kun näin sinun muuttuvan ensimmäisen kerran?" Hetken oli täysin hiljaista. Lopulta Gabriel vastasi ääni väristen. "Minä muistan sen. Mieluummin haluaisin unohtaa. Hyvä ettei Dimitri päässyt hengestään." Cirende huokaisi hiljaa ja nousi istumaan jolloin hän pystyi katsomaan miestä kunnolla. Gabrielin valkea iho näytti hohtavan. Miehen tumman ruskea tukka näytti punertavalta ja hehkui. Gabrielin suklaanväriset silmät näyttivät pohjattomilta, ja sillä hetkellä miehen silmissä oli mietteliäs ilme. Hänen kulmiensa väliin oli ilmestynyt huoliryppy. Cirende kosketti hellästi tuota kohtaa miehen kasvoissa kuin haluten silottaa tuon rypyn pois. "Sinä lupasit suojella minua aina", Cirende sanoi hiljaa. Gabriel nyökkäsi ja tarttui häntä kädestä. Hän silitti Cirenden ihoa joka näytti hänestä liiankin kalpealta.

Gabriel oli pujottanut sormensa Cirenden sormien lomaan. Miehen iho oli lämmin ja Cirende painautui lähemmäs häntä pakoon kylmyydeltä. Gabriel nosti katseensa Cirenden puoleen ja Cirende näki miten hänen ruskeat silmänsä näyttivät miltein mustilta, kuin hänen susihahmonsa silmiltä. Mutta Cirende ei kavahtanut tätä, sillä noiden kauniiden silmien katse kieli rakkaudesta. Gabrielin ääni värisi kun hän viimein puhui katsoen koko ajan Cirendeä silmiin; "Minä olen vannonut valan että suojelen sinua. Ja tulen olemaan aina luonasi. Sitä ei mikään muuta. Minä rakastan sinua Cirende Korpintukka, Lisibeth Valkean ja Galahad Kultatukan tytär." Gabriel suuteli Cirenden kättä tuskin ihoa koskettaen. Gabriel ojensi jotain ja painoi sen Cirenden kämmenelle. Kun Cirende avasi kätensä hän huomasi että Gabriel oli antanut hänelle sormuksen. Sormus ei ollut iso, vaan pieni ja yksinkertaisen tyylikäs. Sormuksessa oli kaksi suden päätä jotka katsoivat toisiinsa ja susien kuonojen välissä oli yksi pyöreän muotoinen safiiri jota ympäröivät pienemmät valkoiset timantit. Sormus oli juuri sellainen kuin Gabrielin antaman tulisi olla. Susihahmot kuvasivat Gabrielin suojelusta, ja safiirin sävy oli miltein sama kuin Cirenden silmien väri. Cirende hymyili kilpaa auringon kanssa. Safiiri loisti auringon säteiden osuessa siihen. "Tämä sormus olkoon lupaukseni sinulle, Cirende Yöntähti", Gabriel lausui juhlallisesti vapaa käsi sydämellään. Cirenden silmiä polttivat onnen kyyneleet. Hän otti miestä kädestä kiinni, katsoi häntä syvälle silmiin ja lausui niin ikään juhlallisesti; "Minä lupaudun sinulle ainiaaksi, Gabriel Sudensielu. Rakastaakseni sinua nyt ja iäisyyden." Cirende muistutti erehdyttävästi äitiään sillä hetkellä. Hän tiesi kohtalonsa.

Galahad katseli taivaalle ja hänen sydämensä oli raskas.

Edes lempeä kesätuuli ei pystynyt rauhoittamaan hänen mieltään. Jokin oli muuttunut. Hän laski ruohikkoiselle kummulle valkoisia liljoja. Kirkkaan värinen perhonen laskeutui Galahadin kämmenelle, ja nousi taas lentoon. "Se koskee Cirendeä, vai mitä Lisibeth?" Galahad puhui itsekseen. Tuuli tuntui kuin vastaavan, se liikkui ja huokaili hiljaa puiden oksistoissa. Se hyväili Galahadin kasvoja ja sai hänen kultaiset hiuksensa hulmuamaan. "Cirende on lupautunut toiselle. Hänen siteensä minuun ei ole katkennut tai heikennyt mutta hän on muodostanut uuden siteen, kenties vieläkin vahvemman. Se side kantaa vielä ajan ja paikan yli." Galahad jatkoi yksinpuheluaan vaimonsa haudan äärellä. Tämä paikka oli aina ollut heidän lempipaikkansa. Täällä oli Lisibeth hoitanut ja vaalinut puutarhaansa. Täällä oli ennen kaikunut hänen heleä naurunsa, ja hänen kosketuksensa sai kaiken kukoistamaan. Paikka oli suojaisa ja suurten ikivanhojen tammien reunustama ja siellä oli myös pieni lampi jonka vesi oli kristallinkirkasta.

Siellä oli myös pieni lähde joka erkani Yngwiristä. Sinne pääsi pientä polkua pitkin ja haltioiden takoman kaariportin alta jonka Galahad oli teettänyt parhailla sepillään lahjaksi vaimolleen. Nyt portissa kukkivat tulipunaiset ruusuköynnökset. Täällä hän oli pidellyt vaimoaan syleilyssään, rakastanut häntä. Sillä paikalla hän oli kosinut Lisibethiä. Siellä

26

he olivat olleet onnellisia. Ja siellä hän oli pidellyt vaimoaan viimeisen kerran sylissään, kun tämä oli vannottanut Galahadia pitämään huolta heidän tyttärestään. Täällä hän oli katsonut vierestä voimattomana miten Lisibethin elämänliekki oli hiljalleen hiipunut pois. Miten noiden syvän vihreiden silmien loiste oli himmentynyt. Galahad oli viettänyt kolme päivää vaimonsa vierellä kunnes oli lopulta antanut viedä hänet ja antanut kaikessa hiljaisuudessa haudata hänet tänne missä Lisibeth oli ollut onnellisin. Galahad havahtui laaksosta kuuluviin iloisiin ääniin.

Galahad kääntyi ja kulki kaariportin alitse mutkittelevaa polkua pitkin laaksoon päin. Hänen askeleensa oli jälleen kevyempi. Hän näki Cirenden ja Gabrielin jotka väkijoukko oli ympäröinyt. Cirenden korpinmusta tukka hulmusi tuulessa, ja hänen äänensä heleä sointi kantoi kauas. Hän nauroi ja oli onnellinen. Cirende piteli Gabrielia kädestä kiinni ja auringonvalo heijastui hänen kädessään olevasta sinisestä safiirista. Cirende aivan kuin hohti valoa ympärilleen. Gabrielin langettama suojausloitsu oli viimein täydellinen koska he olivat ääneen lupautuneet toisilleen. Galahad puhkesi hymyyn tyttärensä juostessa häntä vastaan. "Isä, rakas isä! Oletko kuullut ilouutiset? Minä ja Gabriel olemme lupautuneet toisillemme. Olethan iloinen puolestani, isä?" Galahad halasi tytärtään lämpimästi. "Tottakai olen iloinen, pieni lintuseni." Galahad hymyili katsellessaan Cirenden kirkkaan sinisiä silmiä jotka erehdyttävästi muistuttivat niin paljon hänen omiaan. Cirende huokaisi helpotuksesta tuntiessaan painon poistuvan harteiltaan kuullessaan isänsä äänessä vilpitöntä iloa. Cirende ei halunnut myöntää sitä, mutta hän oli salaa ollut huolissaan siitä mitä hänen isänsä suhtautuisi asiaan.

Gabriel ja hänen perheensä olivat enimmäkseen asuneet samoilla paikoilla. Gabrielin vanhemmat olivat halunneet pojalleen pysyvyyttä. Cirende katseli rakkaudella Gabrielia jonka puoleen juuri sateli onnitteluja. Ja itse Galahad otti Gabrielin syliinsä, halasi tätä tiukasti. Sen jälkeen Galahad painoi oikean kätensä sydämensä kohdalle ja kumarsi syvään. Tämä oli haltioiden tavallinen tapa tervehtiä (tätä elettä käytettiin yleensä myös hyvästellessä). Tämä oli erittäin suuri kunnianosoitus toista haltiaa, ihmistä, kääpiötä tai ketä tahansa kohtaan niinkin korkea-arvoiselta henkilöltä kuin haltiakuninkaalta. Myös kaikki muut haltiat yhtyivät kuninkaansa tervehdykseen, ja Cirende näki ilokseen Gabrielin hämmästyvän tästä. Cirende nauroi ääneen heleää nauraan, käveli Gabrielin viereen ja otti häntä kädestä kiinni. Cirende tiesi että Gabriel oli hämmentynyt ja ehkä vähän kiusaantunutkin tästä saamastaan huomiosta. "Gabe." Cirende lausui nimen hellästi. "Mennäänkö syömään?"

Cirende hymyili Gabrielin vaivaantuneelle ilmeelle. Gabriel nyökkäsi ja niin he lähtivät kohti Suurta Salia, johon oli jo katettu mitä mahtavin ateria. Sinä iltana Lehmuslaaksossa kaikui haltioiden kaunis laulu, ja riemu ja ilo täyttivät kaikkien sydämet. Ja kaikista sydämistä eniten iloitsi Cirende. Sillä hän tiesi löytäneensä viimein paikkansa, joka oli Gabrielin luona.

Synkässä Metsässä alkoi samaan aikaan ilta kääntyä yöksi. Syvällä metsässä oli ihmisten leiri, ryöväreitten ja karkulaisten piilopaikka. Joukkojen johtaja, isokokoinen repaleisiin vaatteisiin pukeutunut mies sytytti tupakkinsa ja haroi sekaista tukkaansa isolla kämmenellään. Hän mietti sitä puolihaltianeitoa jonka oli kohdannut aikaisemmin metsässä. Tämä oli ollut kuin taivaan lahja. Hän oli ollut metsällä, mutta hän oli epäonnistunut surkeasti ja oli ollut kurjalla päällä palatessaan takaisin leiriin. Hän oli saanut kuulla miesten harmin siitä että hän palasi ilman illallista mutta saakeli soikoon hän oli yhdellä karjaisulla tukkinut heidän suunsa! Tässä metsässä oli muutenkin vähän saaliseläimiä. Luultavasti niiden kurjien "muotonsamuuttajien" syytä! Mies kiroili hiljaa itsekseen. Ne pelottivat saaliseläimet pois. Mies tiesi kyllä kuka nainen oli ollut heti kun oli nähnyt tämän. Pitkät korpinmustat hiukset ylettyivät vyötärölle, hoikka vartalo jonka peitti mekko joka kalpeni naisen kauneuden rinnalla. Siniset silmät kuin utuinen metsälammen pinta. Kyllä hän tiesi että tämä neito oli haltiakuningas Galahadin ainoa tytär. Sen pahaisen Galahadin joka oli karkoittanut heidät tänne metsään elämään kuin eläimet! Se joka oli langettanut Lehmuslaaksoon niin vahvat suojausloitsut ettei sinne löytänyt kukaan jonka suonissa ei virrannut haltiaveri ellei häntä sitten johdattanut haltia. Mies hengitti kiivasti ja takoi isolla kädellään polveaan sadatellen itsekseen. Hän kyllä näyttäisi Galahadille! Heitä eivät haltiat pitäisi pilkkanaan. Näin mies kirosi mielessään ja vannoi siinä paikassa pyhän valan että hän kostaa Lehmuslaakson kuninkaalle. Hänen ylleen lankesi tummanpuhuva yönverho kuin korostamaan miehen julmia sanoja jotka jäivät kaikumaan siihen paikkaan vielä pitkäksi aikaa miehen mentyä. Sillä kohtaa maata ei kasvanut enää kuin rikkaruohoja sillä miehen sanat olivat myrkyttäneet maan.

"Gabe?" Cirende kuiskasi. Gabriel katsahti häneen puoliksi hymyillen ja oli ollut selvästi ajatuksissaan. Nyt kun Cirende katseli Gabrielia, hän tiesi mitä hän oli aina kaivannut. Se oli Gabe. Musta susi joka oli aina nukkunut hänen ikkunansa alla. Suden tummat silmät jotka katsoivat häneen, ja muistuttivat niin suuresti Gabrielin ihmishahmon ruskeita silmiä jotka näyttivät joskus miltein kultaisilta. Cirende rakasti Gabrielia. Omaa mustaa suttaan. Ja Cirende tiesi ettei hän koskaan voisi tuntea olevansa täysin ehjä ilman häntä.

Sillä välin tämä julma mies, joka hautoi kostoa Galahadille oli kulkenut syvälle metsään punoessaan ilkeätä juontaan. Hän tiesi metsässä asuvan velhottaren jonka voimat olivat suuret. Pitkän matkan kuljettuaan mies saapui luolan suulle. Jopa tämän ilkeämielisen miehen rohkeus meinasi pettää hänen katsellessaan tummia Itkuvuoria jotka piirtyivät taivasta vasten kuin uhkaava hahmo. Luolan suulla oli suuri rautaportti. Boris, joka oli siis tämän miehen nimi, rohkaisi mielensä ja pyysi velhottarelta lupaa astua luolaan. Saman tien lensi musta korppi luolan suulle ja miehen hämmästykseksi se puhkesi puhumaan hänelle. "Boris Mustasydän, sinä olet tervetullut kulkemaan emäntäni, metsän ja taivaan valtiattaren portista sisään." Ja siinä samassa korppi oli kadonnut. Portti avautui päästämättä ääntäkään ja Boris kulki siitä sisään. Pian hän huomasi saapuneensa upeaan, valtavan suurelta näyttävään saliin (jota Meredith kutsui Marmorisaliksi) ja jonka ei olisi uskonut mahtuvan vuoren sisälle. Neljä, suunnattoman suurta marmorista veistettyä pylvästä kannattelivat kattoa joka näytti aivan tähtitaivaalta. Seinillä avaraa tilaa valaisivat monet soihdut joissa paloi loihdittu tuli joka ei sammunut ellei sitä käsketty niin tekemään. Ja salin perällä oli marmorinen valtaistuin. Siellä istui nainen, jonka kauneus hämmensi Borista.

Naisella oli kultainen tukka joka ulottui miltein lattiaan asti, se oli kuin kultainen viljapelto joka lainehti kesätuulessa. Naisella oli syvän siniset silmät ja hyvin sirot kasvonpiirteet. Hänellä oli hoikan vartalonsa peittona kultainen puku, jonka hameen helma ulottui pitkälle. Kaulassaan Meredithillä oli tähden muotoinen amuletti jonka keskellä oli suuri punainen rubiini. Boriksen saapuessa Meredith nousi seisomaan ja hänen häikäisevän kauneutensa edessä Boris lankesi polvilleen hänen eteensä lausuen kunnioittavalla äänellä tervehdyksensä.

Meredith vastasi äänellä jonka mahti tuntui vavisuttavan vuorten seinämiä. "Hyvä Boris Mustasydän, minä kiitän kohteliaisuuksistasi, mutta kerrohan miksi olet oikein saapunut tyköni? Sinulla on jokin pyyntö tahi ongelma ellen ole ymmärtänyt väärin." Meredith omasi näemmä suuria voimia, hänellä oli lahja nähdä jokaisen sydämeen, hän tiesi jokaisen syvimmät toiveet ja halut. Lahja jota Meredith käytti aikailematta hyväkseen kun katsoi sen tarpeelliseksi. Meredith oli puolihaltia ja hän oli itseasiassa syntynyt ja asunut Lehmuslaaksossa. Hänen äitinsä oli ollut haltia joka oli mennyt naimisiin velhon kanssa. Mutta tämä mies oli salannut Meredithin äidiltä hyvin perimmäisen luontonsa sillä tämä velho oli julma ja valtaa rakastava mies. Galahad itse oli antanut heille siunauksensa mennä naimisiin. Sillä niin taitava oli tämä velho peittämään tarkoitusperänsä että itse Galahad ei ollut nähnyt hänen todellista luontoaan ja pahuutta rakastavaa sydäntään. Velho jatkoi kokeilujaan salaa vaimoltaan ja haltiakuninkaalta. Ja pian oli heille syntynyt tytär joka muistutti niin kovasti äitiään että häntä tultiin katsomaan kaukaa ja hänen kauneuttaan ylistettiin monin lauluin, jotka ovat miltein kaikki jo unhoon vaipuneet ihmisiltä. Mutta eräänä päivänä Meredithin äiti sai tietää sattumalta miehensä todellisen luonteen kun hän löysi tämän salaisen laboratorion. Ja vaimonsa yllättäessä miehensä surmasi tämä epäröimättä hänet sillä Meredithin äiti oli sydän särkyneenä uhannut paljastaa miehensä toimet Galahadille.

Mutta velho ei ollut tiennyt että hänen tyttärensä oli salaa seurannut äitiään sillä tyttö oli rakastanut piilosilla leikkiä. Meredith oli nähnyt miten velho oli loitsinut ja hänen rakas äitinsä oli kaatunut kuolleena maahan. Meredith oli paennut kauhuissaan eikä koskaan enää palannut Lehmuslaaksoon. Hän oli harhaillut metsissä pitkään kunnes oli löytänyt sattumalta aukion Synkän Metsän keskeltä. Sinne hän oli jäänyt, ja vuodattanut kaiken surunsa ja kaipauksensa murhatun äitinsä vuoksi. Tämän vuoksi vuoria alettiin kutsumaan Itkuvuoriksi. Vielä kauan tapahtuman jälkeenkin saattoi vuorilla kuulla etäisen, lohduttoman naisen äänen itkevän. Pitkään aikaan kukaan ei uskaltanut liikkua Itkuvuorilla. Siellä kulkevat valtasi syvä, pohjaton lohduttomuus.

Meredith oli itkenyt kunnes hänen kyyneleensä olivat loppuneet kokonaan. Sen jälkeen Meredithin valtasi viha joka synkensi hänen sydämensä. Hän vannoi kostavansa äitinsä puolesta. Meredith oli saanut äitinsä ulkomuodon ja perinyt isänsä velhon lahjat. Meredith valitsi vihan polun, ja tuo polku on usein petollinen kulkijoilleen. Ja tähän päivään asti Meredith oli käyttänyt ulkonäköään hyväkseen ja houkutellut halutessaan ihmismiehiä luokseen lumoten heidät ja nämä olivat tehneet mitä tahansä hänen puolestaan. Meredith opiskeli ja vuosien saatossa viha oli kokonaan vallannut hänen mielensä, sielunsa sekä sydämensä. Ennen Meredithin niin iloisesti nauravat siniset silmät katsoivat nyt Borikseen täynnä inhoa ja vastenmielisyyttä. Sillä pohjimmiltaan Meredith piti kaikkia miehiä pettureina isänsä kamalan teon vuoksi. Hän ei luottanut täysin kehenkään miespuoliseen olentoon. Meredith oli aina koettanut löytää isänsä jotta olisi voinut kostaa äitinsä murhan mutta jäljet loppuivat siihen että velho oli paennut vaimonsa kuoleman jälkeen eikä kukaan tiennyt minne. Suruissaan oli Galahad haudannut Meredithin äidin ja turhaan he olivat etsineet tyttöä joka oli ollut niin rakas äidilleen. He olivat laulaneet surulauluja neidolle joka oli ollut yhtä häikäisevä kaunis kuin auringonkehrä. Ja ne laulut olivat kaikuneet kauas, niin kauas että Meredith oli kuullut ne ja vaipunut syvään murheeseen pitkäksi aikaa, kunnes kukat jälleen kukkivat hänen äitinsä haudalla. 'Pahin kaikista oli Galahad', Meredith ajatteli. 'Miten haltiakuningas ei ollut aavistanut sitä?' Meredith vihasi Galahadia vaikka hän ei olisi voinut mitenkään aavistaa sellaista murhenäytelmää. Ja Galahad oli rakastanut Meredithiä kuin omaa tytärtään.

"Kyllä Valtiatar, nöyrimmällä alamaisellasi olisi sinulle pyyntö", Boris vastasi edelleen pää kumarassa toisen polvensa varassa. "Nouse siis ja kerro asiasi niin katson voinko tehdä jotain hyväksesi." Meredith sanoi ja istuutui marmoriselle valtaistuimelleen ja hänen kultaiset hiuksensa valuivat valtoimenaan kuin kultainen meri auringon syleilyssä. Ja niin Boris kertoi koko tapahtumaketjun joka oli saattanut hänet tänne Meredithin luokse. Boris pyysi Meredithin neuvoja miten hän voisi kostaa Galahadille tämän tyttären kautta joka oli suvainnut paeta häneltä, kaikkien aikojen parhaimmalta metsästäjältä. Meredith hätkähti kuullessaan taas Galahadin nimen. Sitä nimeä ei oltu lausuttu pitkään aikaan Meredithin saleissa. Meredith ajatteli tyytyväisenä että nyt hän saisi viimein kostettua Galahadille Boriksen kautta, sillä Meredith oli pitänyt ja piti edelleen Galahadia osasyyllisenä äitinsä kuolemaan. Kyllä,

Galahad saisi tuntea yhtä suurta tuskaa kuin hän itse oli tuntenut. Hän kärsisi tyttärensä kautta, joka tulisi jäämään vangiksi, voimatta palata koskaan kotiin Lehmuslaaksoon, Meredith ajatteli hymyillen itsekseen. Meredith nousi ylös ja sanoi kirkkaalla kuuluvalla äänellä joka aiheutti pelon sekaista kunnioitusta kaikissa kuulijoissaan, myös Boriksessa. "Minä, Meredith, metsän ja taivaan valtiatar, näytän sinulle Boris Mustasydän, miten johdatat Galahad Kultatukan niin rakkaan tyttären, Cirende Korpintukan, turmioon ja maanpakoon, kauniiseen vankilaan josta hän ei ole oleva pakeneva koskaan, ei haltiain taikka ihmisen auttamana. Cirende tulee olemaan ikuisesti loihdittuna vangiksi tähän peiliin joka omaa mahtavat taikavoimat. Tähän peiliin joka näyttää sinulle kaiken mitä saatat toivoa, mutta joka osaa olla myös petollinen." Meredith vei Boriksen katsomaan peiliä. Siinä oli hopeiset reunat joita koristivat omituiset kuviot ja merkit. Peili näytti ikivanhalta ja samalla lumoavan kauniilta. Peilin pinta näytti väreilevän kuin veden pinta. Aivan kuin peili olisi elänyt. Boriksesta tuntui kuin hän voisi astua peilin sisään itsekin. Sillä peili näytti katsojalleen petollisia haavekuvia. Boris ojensi kätensä kohti peilin "elävältä" näyttävää pintaa ja tunsi vastustamatonta halua koskettaa sitä. Kun Meredith vetäisi harmaan kankaan peiliä peittämään lumous särkyi yhtä nopeasti kuin oli syttynytkin Boriksen sydämessä. Hän tunsi helpotusta mutta myös kaipausta. Kaipaus tuntui täyttävän hänen sydämensä ja sielunsa. Hän olisi tahtonut vetää kankaan pois peilin päältä. "Olet nähnyt peilin voiman, Boris Mustasydän. Ja nyt sinun on johdatettava Cirende sinne minne vien peilin. Ja paljastettava se hänen edessään jotta lumous valtaa hänet ja houkuttelee hänet ikuisiksi ajoiksi peilin vangiksi." Meredith puhui vakavalla äänellä ja Boris nyökkäsi ymmäryksen merkiksi. Näissä synkissä mietteissä punottiin katala juoni jolla oli oleva arvaamattomia seurauksia.

Cirende nousi aamunkoitteessa ja pukeutui vaaleansiniseen pukuunsa joka oli hänen suosikkinsa. Sininen puki häntä ja tummat pitkät hiuksensa hän jätti auki. Cirende ja Gabriel kulkivat yhdessä Suureen Saliin aamiaiselle. Gabriel söi ahnaasti ja hänen tukkansa suortuvat laskeutuivat pehmeästi hänen kasvoilleen. Tukkaansa Gabriel ei koskaan saanut asettumaan. Aamuisin hän vain kuljetti sormiaan pari kertaa tukkansa läpi ja hän oli valmis. Gabriel oli pukeutunut harmaaseen paitaan ja housuihin. Paitansa päällä hänellä oli hopean värinen, kaunis kirjailtu liivi. Jousensa ja miekkansa hän oli jättänyt asevarastoon. Suuressa Salissa ei pidetty aseita. Syönnin jälkeen Gabriel lähti noutamaan aseitaan jotka olivat parhaiden haltiaseppien tekemät. Jousi oli hopeinen ja täynnä kauniita koristekuvioita. Miekan terässä oli haltiakirjoitusta. Sen jälkeen Gabriel puki vielä hopeanharmaan viitan ylleen ja kiinnitti sen soljella johon oli kuvattu ulvova susi. Cirende seisoi hänen vierellään ja korjasi Gabrielin solkea paremmin paikoilleen. Hellästi Cirende painoi kätensä Gabrielin sydämen kohdalle. Gabriel veti hänet syliinsä ja piteli häntä tiukasti rintaansa vasten. Cirende kuuli hänen sydämensä lyövän omaansa vasten. Hän ei olisi halunnut Gabrielin lähtevän. Cirende aavisteli pahaa. Kuin ilkeämielisiä sanoja yössä. "Mikä hätänä rakas?" Gabriel kysyi huolestuneena sillä Cirende oli huomaamattaan puristanut kätensä nyrkkiin. Gabriel vetäytyi kauemmaksi ja katseli Cirendeä ruskeat silmät kysyvinä. Cirende rentoutui ja hymyili Gabrielille. "En vain haluaisi sinun lähtevän nyt kun olemme juuri löytäneet toisemme", Cirende vastasi. Gabriel hymyili hänelle ja kosketti hellästi Cirenden poskea. "Minun täytyy lähteä omieni luokse jotta voin kertoa hyvät uutiset. Ja minä tuon vanhempani tänne jotta voimme viettää häitämme. Edestakaiseen matkaan kuluu ehkä viikko. Minä olen taas pian luonasi ja sen jälkeen en enää koskaan jätä sinua." Cirende nyökkäsi sillä hän tiesi että siihen hänen oli tyydyttävä. Hänen pitäisi vielä odottaa. Yksi viikko kuluisi pian. Hän voisi suunnitella häitä sillä aikaa.

"Odota vielä!" Cirende huudahti yhtäkkiä ja kiirehti huoneeseensa jättäen Gabrielin ihmeissään katsomaan peräänsä.

Cirende palasi pian pidellen kädessään ympyrän muotoista, hopeista medaljongia, johon oli kuvattu puolikuu ja aurinko vastakkain. Korun reunoilla kulki kuvioita kuin köynnöksiä. Cirende avasi medaljongin ja Gabriel näki korun sisälle kiinnitetyn pienen sydämen muotoisen rubiinin. Sydän loisti verenpunaisena. "Kaunis", Gabriel henkäisi. Hymyillen Cirende sulki medaljongin ja kiinnitti korun Gabrielin kaulaan jolloin kevyt hopeinen koru asettui lähelle hänen sydäntään. Koru tuntui lämpimältä hänen ihoaan vasten paidankin lävitse. "Tämä koru oli äitini. Isäni antoi sen hänelle kun he menivät naimisiin. Minä tahdon antaa tämän sinulle lahjaksi, lupauksenani sinulle, rakkauteni osoituksena. Suojelkoon se sinua matkallasi ja varjelkoon sinua vaaroilta."

Gabrielin lähdön jälkeen Cirende seisoi pitkään katsomassa siihen suuntaan mihin mies oli kadonnut puiden lomaan. Cirende tunsi itsensä jälleen yksinäiseksi, yksinäisemmäksi kuin aikoihin. Lopulta hän kääntyi hitaasti ja kulki huoneeseensa kun ilta alkoi hämärtää. Tuhannet valot syttyivät Lehmuslaaksoon ja iloinen laulu täytti ilman, joka tuoksui tuhansilta kukilta. Suloinen melodia rauhoitti Cirendeä kuten oli aina tehnyt. Oveen koputettiin ja Galahad astui sisään hymyillen ainoalle tyttärelleen niin että hänen häikäisevät kasvonsa loistivat entistäkin enemmän haltioiden sisäistä valoa.

"Cirende, kultaseni etkö ole vielä nukkumassa? Tunnen että olet levoton. Gabrielin lähdön vuoksi oletan?" Cirende nyökkäsi isälleen. "Älä huoli, hän palaa pian. Ja häntä seuraa rakkautesi suoja koska annoit hänelle äitisi korun." Galahad hymyili muistellessaan sitä kun oli itse antanut tuon saman korun Cirenden äidille. Ja hän muisti Lisibethin kauniiden kasvojen syttyneen loistamaan. Hän muisti tarkkaan miten Lisibethin silmät olivat täyttyneet onnenkyynelistä. "Isä et kai pahastunut kun annoin äidin korun Gabrielille? Annoin sen rakkauteni osoituksena. Samoin kun sinä annoit sen äidille teidän mennessänne naimisiin." Galahad halasi tytärtään. "En todellakaan, lintuseni. En pahastunut ollenkaan."

Galahadin lähdettyä Cirende asettui levolle. Hän sulki silmänsä ja kuunteli Lehmuslaakson ääniä. Aikaa ei ollut kulunut kuin ehkä muutama minuutti, tai siltä Cirendestä ainakin oli tuntunut, kun hän erotti laulun seasta äänen joka tuntui kutsuvan häntä. Ääni oli aluksi tuskin erottuva mutta voimistui hiljalleen. Lopulta Cirende avasi silmänsä, nousi ja käveli ikkunalle. Ensin hän ei nähnyt hämärässä yössä kuin Lehmuslaakson tuhannet lumotut valot jotka pehmeästi loistivat yöhön. Pihalla liikkui joku tai jokin. Ensin Cirende luuli nähneensä harhoja. Puutarhassa oli näkynyt musta susi.

"Gabriel?" Cirenden kuiskaus oli hiljainen kuin tuulen henkäys yössä. Susi pysähtyi vähän matkan päähän ja katsoi Cirendeen kultaisilla silmillään. Se näytti kuin odottavan että Cirende seuraisi sitä. Lopulta Cirende veti ylleen hupullisen, tummanvihreän paksun matkaviitan, joka ulottui melkein maahan asti. Hän veti hupun kasvoilleen ja astui ulos lämpimään yöhön. Susi seisoi odottamassa ja nyökkäsi häntä seuraamaan. Cirende epäröi hetken mutta lähti sitten suden perään. Se näytti tuntevan tien. He kulkivat puutarhan ohitse kohti Lehmuslaakson rajaa.

Miltei kaikki olivat nukkumassa vartijoita lukuunottamatta. Mutta Cirende kulki äänettömästi kuin varjo yössä eikä sudestakaan lähtenyt ääntä sen kulkiessa polkua pitkin. Lopulta he saapuivat Synkän Metsän reunalle. Susi pysähtyi, kääntyi katsomaan Cirendeä kadoten sen jälkeen metsään johtavalle polulle. Cirende pysähtyi ja tunsi miten pelko tarttui hänen sydämeensä. Hän tiesi ettei saisi mennä metsään. Metsä oli paha. Läpeensä täynnä ilkeitä ajatuksia ja pahan voimaa. Ennen se oli ollut rauhaisa paikka mutta ryöväreiden ja pettureiden asettuessa sinne haltiat eivät enää kulkeneet siellä. Nytkin metsä tuntui kuin uhkuvan pahuutta, se tuntui tihkuvan jokaisesta puun silmusta ja jopa maasta. Cirende meinasi jo kääntyä takaisin kun hän oli kuulevinaan Gabrielin äänen metsästä. "Cirende! Cirende!" ääni huusi hätäisenä. Cirende oli kahden vaiheilla. Yhtäkkiä hän kuitenkin kuuli toisen äänen, hyvin kauniin joka kutsui häntä. Ääni nousi ja laski kuin kaunis laulu yössä ja tuntui tulevan joka suunnalta. Cirende seisoi paikallaan kuin jähmettyneenä. Ja ennen kuin hän huomasi mitä teki hän astui metsään johtavalle polulle ja katosi kokonaan. Ainoastaan punertava kettu oli ohikulkiessaan nähnyt Cirenden hahmon kulkemassa suuren mustan suden perässä Synkkää Metsää kohti. Ja se oli viimeinen havainto Cirende Korpintukasta, Galahadin ja Lisibethin rakkaasta tyttärestä, ennen kuin tämä katosi.

Viikko kului nopeaan. Hän olisi pian takaisin Lehmuslaaksossa. Gabriel kulki määrätietoisin askelin joita odotus Cirenden tapaamisesta jälleen siivittivät. Hän oli päässyt perille ja kertonut vanhemmilleen kihlautumisestaan ja he olivat olleet onnellisia hänen puolestaan. Mutta he eivät olleet voineet lähteä heti Gabrielin kanssa Lehmuslaaksoon sillä Gabrielin äiti odotti lasta. Gabriel saisi joko siskon taikka veljen. Gabriel odotti jännityksellä sisarustaan. Hänen vanhempansa tulisivat pari päivää Gabrielin jälkeen Lehmuslaaksoon. Taivas oli sininen ja aurinko oli jo korkealla kun Gabriel kapusi mäen päälle jolta hän vihdoin näki Lehmuslaakson. Laakso levittäytyi vehreänä jokaiseen ilmansuuntaan. Se oli kauniimpi kuin hän muistikaan. Hopeinen medaljonki lepäsi hänen sydäntään vasten hänen paitansa alla. Koru tuntui yhtäkkiä kylmältä hänen ihoaan vasten kun normaalisti se hehkui lämpöä.

Hajamielisenä Gabriel kosketti korua kädellään ja siveli sen kylmää pintaa, auringon ja kuun muotoja korun pinnalla. Sitten hän pudisti päätään ja naurahti. Ehkä hän vain kuvitteli. Hän asetti jousen paremmin olalleen ja lähti laskeutumaan mäkeä alas kohti laaksoa. Paikka tuntui hiljaiselta. Paljon hiljaisemmalta kuin hän muistikaan. Jopa linnut tuntuivat hiljentyneen. Gabrielia alkoi toden teolla puistattaa. 'Mitä täällä on tapahtunut?' hän mietti itsekseen. Hän saapui Lehmuslaakson rajalle ja hopeisiin sotisoviin pukeutuneet vartiohaltiat tervehtivät häntä kunnioittaen. He olivat kuullet hänen tulonsa jo kaukaa. Vartijoilla oli päällään auringossa loistavat hopeiset vartioasut jotka olivat kestävät ja kevyet kantaa. Jouset ja miekat aseinaan he vartioivat väsymättä Lehmuslaakson rajoja. Tarkoilla haltiasilmillään ja korvillaan he kuulivat ja näkivät kauas. "Tervehdys Gabriel Sudensielu, ollos tervehditty ja siunattu matkallasi", eräs haltioista lausui hänelle tavanomaisen haltioiden tervehdyksen. Gabriel huomasi että toiset vaikuttivat huolestuneilta ja vilkuilivat syrjäsilmin häneen. Ikäänkuin heillä olisi joku salaisuus jota Gabriel ei vielä tiennyt. Niine mietteineen Gabriel jatkoi matkaansa kunnes saapui Galahadin talolle joka oli kaikista taloista suurin ja upein.

Gabriel tunsi paikan kuin omat taskunsa ja hän kulki Cirenden huoneen ovelle, koputti ja astui sisään tyhjään huoneeseen. Kaikkialla olivat tavarat paikoillaan, vuode oli sijaamatta ja ikkunan verhot oli vedetty sivuun. "Cirende?" Gabriel kysyi hiljaa vaikka hän tiesi ettei huoneessa ollut ketään. Cirenden olemus tuntui silti huoneessa vahvana, ikäänkuin hän olisi vain mennyt käymään jossakin. "Hän ei ole täällä, Gabriel." Ääni pelästytti Gabrielin toden teolla. Se lausuttiin tuskin kuiskausta kovemmalla äänellä mutta silti tuskan värittämällä äänellä. Gabriel kääntyi ja huomasi katsovan Galahadiin, tai varjoon joka hänestä oli jäljellä. Galahadin kauniit haltiankasvot olivat vääristyneet surusta ja tuskasta. Hänen siniset silmänsä näyttivät kuin keskitalven jäätyneeltä järvenpinnalta. Ja niin surullisilta, kuin satakielen laulu, linnun ikävöidessä kadonnutta rakkauttaan.

Galahadin kasvoilla ei näkynyt entistä hymyä ja iloa. Galahad oli Lisibethin kuoleman jälkeen jäänyt puolikkaana taivaltamaan maan päälle, sillä haltioita ei ikä taikka sairaus päässyt koskettamaan. Ellei sitten kuolema taistelussa taikka murtunut sydän sammuttanut heidän loistettaan. Ja nyt Gabrielista tosiaan tuntui siltä kuin Galahad olisi kuolemassa murtuneeseen sydämeen. "Galahad, mitä on tapahtunut? Missä Cirende on?" Gabriel kysyi vaikka sydämessään hän jo tiesi että

Cirende oli poissa, hän ei ollut Lehmuslaaksossa. Hänen vahva olemuksensa oli vain jäänyt jäljelle, kuin haalistunut muisto. "Cirende katosi pian sen jälkeen kun olit lähtenyt täältä. Hän oli mennyt huoneeseensa, ja aamulla häntä ei löytynyt mistään. Hän oli kadonnut. Kadonnut tyystin maan päältä." Galahadin ääni murtui viimeisellä lauseella. Gabriel tunsi miten huimaus valtasi hänet ja hänen oli otettava tukea sängynpäädystä ja lopulta istuttava alas. Huoneessa tuntui vielä Cirenden tuoksu. Gabriel kosketti medaljongia joka tuntui nyt suorastaan jääkylmältä. Nyt hän arvasi miksi koru oli yhtäkkiä muuttunut kylmäksi ja luotaantyöntäväksi. Sillä Cirende ei ollut täällä, hän oli poissa. Hän oli heti aavistanut pahaa kun koru oli yhtäkkiä tuntunut kylmältä kuin jää ja raskaalta kuin tuhannet maailman surut ja taakat. "Eikö kukaan nähnyt häntä? Eikö kukaan tiedä mihin hän on mennyt?" Gabriel kysyi ääni väristen. "Jonkun on pakko tietää jotain. Eihän hän ole voinut ilmaan haihtua?" Galahad pudisti päätään surullisena. "Usko pois Gabriel, me olemme etsineet häntä taukoamatta sen jälkeen kun huomasimme hänen kadonneen. Lähetimme jopa sanansaattajan perääsi jotta saisit heti tiedon tapahtuneesta." Gabriel katseli Galahadia hämmentyneenä. "En tavannut ketään matkallani, me olemme varmaan kulkeneet ristiin." Gabriel nousi ylös ja lähti ulos jolloin Galahad seurasi häntä tiedustellen mitä hän aikoi. "Aion etsiä hänet ja tuoda takaisin kotiin", Gabriel sanoi päättäväisenä. "Tutkin jokaisen paikan, jokaisen joen ja vuoren. Kunnes löydän hänet." Galahad jäi katsomaan suruissaan Gabrielin perään.

Gabriel käveli selkä suorana eteenpäin, hän suorastaan harppoi ja katosi pian Galahadin haltiainsilmien näkyvistä. Mutta kun Gabriel oli päässyt näköetäisyyden päähän hän pysähtyi, ja nojasi kiveä vasten. Hän puristi kädessään kylmältä tuntuvaa medaljonkia.

"Muistoja. Kuin särkyneen peilin palasia jalkojen juuressa, jokainen pala muistuttaen hetkestä, tunteesta, ajatuksesta, rakkaudesta ja ystävyydestä. Ja joka kerran kun koetti ottaa sirpaleen käteensä katsellakseen sitä lähemmin, sen terävät reunat satuttivat sormia. Ja yhtäkkiä sirpaleet valuivat käsistä kuin joen vesi valuisi kämmenten välistä. Ikuisena, jatkaen kulkuaan uomassaan, kevään, kesän, syksyn ja talven kulkiessa omaa rataansa. Joki muisti miten linnut olivat istuneet sen rantatörmän puiden oksilla ja laulaneet kesäauringon lämmittäessä vedenpintaa. Se muisti kuinka syksy punakultaisessa loistossaan kulki kohti talven ensi kylmää henkäystä ja järvenpinta jäätyi ensimmäisenä pakkasaamuna. Hopeinen lasipinta jonka lävitse katsoa kylmää, pimeätä talviyötä. Ei näkynyt tähtiä, ei tuulenhenkäyskään läpäissyt lasipintaa. Cirende painoi kätensä lasia vasten, hänen kalpeat ja sirot sormensa osuivat jääkylmää näkymätöntä pintaa vasten joka esti häntä kurottamasta kohti taivasta. Hän ei tuntenut enää tuulta kasvoillaan, eikä ruohoa jalkojensa alla. Hän ei nähnyt puiden oksien kurottuvan päänsä yläpuolelle kuin holvikatos. Voi kun voisi taas kuulla lintujen laulua! Ei, tässä pimeydessä ei ollut elämää, ei laulua eikä naurua. Cirende tunsi tuskan puristavan rintaansa kuin kivi olisi vierinyt hänen rintansa päälle. Hänen oli vaikea hengittää. Joka hetki vaikeampi. Hän yritti muistella kasvoja, sanoja, ääneen lausuttuja nimiä, mutta kaikki oli kuin sumua. Kuin katsoisi maailmaa sumuverhon takaa. Gabriel...Gabriel! Hän muisti kasvot, jotka häilyivät hänen omien kasvojensa lähellä. Hymy, hymyn joka ulottui miehen ruskeisiin silmiin asti. Ja yhtäkkiä häntä katsoivatkin suden kultaiset silmät. Cirende kurotti sutta kohti ja yritti kutsua tätä nimeltä mutta ääni tuntui juuttuneen hänen kurkkuunsa, kuin koko puhekyky olisi kadonnut. Tyhjyydessä ei liikkunut mitään. Ei valoa, ei ääntä. Vain musertava yksinäisyys."

Gabriel kulki päämäärättömästi eteenpäin. Kuin hulluus olisi ajanut häntä eteenpäin. Väsymys ei painanut häntä, ja hänen mielensä harhaili levottomana. Hän oli kävellyt päivämatkojen päähän Lehmuslaaksosta, etsinyt muita haltioita käsiinsä ja kysellyt Cirendestä. Hän oli jopa tavannut ihmisiä matkallaan mutta hekään eivät tienneet haltianeidosta mitään.

Gabriel ei ymmärtänyt mihin Cirende olisi lähtenyt, mihin tämä olisi voinut mennä. Eihän hän ollut voinut lähteä Gabrielin perään? Mutta se tuntui epätodennäköiseltä, sillä Cirende oli tiennyt että Gabriel palaisi pian. Tähän aikaan he olisivat jo kenties viettäneet häitänsä ja ehkä etsineet jonkin mukavan talon itselleen joen rannalta. Ja he olisivat olleet onnellisia, yhdessä. Gabriel pysähtyi kun musertava ikävä hyökyi hänen ylitseen. Gabriel hengitti raskaasti ja nosti katseensa taivaalle. Taivas oli pilvetön ja aurinko paistoi kuumasti vaikka elettiin alkusyksyä. Gabriel kosketti medaljonkia mietteissään ja kuiskasi hiljaa; "Missä olet Cirende? Pyydän, anna jokin merkki, mikä tahansa, että löydän sinut."

Pian Gabriel kuuli takaansa askelia. Joku liikkui nopeaan. Gabriel valpastui ja kuulosteli. Hän kuuli tarkkaan miten joku kulki polulla ja lehdet rapisivat. Sillä jo osa puiden lehdistä oli varissut maahan. Gabriel syöksähti ylös ja salamannopeasti hänen jousensa oli ampumavalmiina. Tulija oli Dimitri. Gabriel laski jousensa ja istuutui takaisin kivelle jolta hänet oli yllätetty. "Gabriel? Missä sinä olet ollut? Olen etsinyt sinua. Minun piti kertoa sinulle Cirendestä." Oli kuin valo olisi jälleen syttynyt Gabrielin silmiin, hän nousi ylös ja tarttui ystäväänsä olkapäästä. Gabrielin oli vaikea pidätellä intoaan ja toivoa, joka paistoi jälleen hänen haltiainsilmistään. Dimitri oli kasvanut ja ohittanut reippaasti poikaikänsä. Hän oli venähtänyt pituutta jokseekin, vaikka hän ei ollut yhtä pitkä kuin Gabriel.

Dimitrin ruskea tukka oli kasvanut pituutta, ja ulottui selkään asti mutta nyt tukka oli poninhännällä kiinni. Dimitrin siniset silmät olivat huolta täynnä hänen katsellessa rakasta ystäväänsä, miestä jota hän ihaili ja piti veljenään. Dimitri oli edelleen se sama pitkänhuiskea poika jolla oli mahtava huumorintaju. Mutta hän oli jo aikuinen ja tämä uutinen joka hänellä oli kerrotavaan, painoi häntä raskaasti. Voi kunpa hän olisi pystynyt estämään Cirendeä, estämään häntä katoamasta Synkkään Metsään, Dimitrin mielessä risteilivät itsesyytökset. Ääneen hän sanoi; "Minä satuin kulkemaan Lehmuslaakson rajoilla sinä yönä kun Cirende katosi". Gabriel katsoi häntä silmät kysyvinä. Dimitri huokaisi syvään ennen kuin jatkoi. "Minä näin miten Cirende seurasi mustaa sutta Synkkään Metsään. En pystynyt estämään häntä sillä olin liian kaukana, mutta näin kyllä hänet hyvin. Ja kuulin kun joku kutsui häntä nimeltä. Ja sitten hän yhtäkkiä katosi. Yritin etsiä häntä mutta olin itse eksyä metsään. Olin palaamassa Lehmuslaaksoon kun törmäsin sinuun yllättäen. Kuulin myös kohtaamiltani ihmisiltä että sinä olit etsinyt mustatukkaista ja sinisilmäistä haltianeitoa. Olen pahoillani Gabriel, olen toden totta. En ymmärrä miksi Cirende kulki yöaikaan ulkona ja miksi ihmeessä hän meni Synkkään

Metsään."

Tuntui kun Gabriel olisi lysähtänyt kokoon, ja Dimitri pelästyi että tämä romahtaisi hetkenä minä hyvänsä. Hän tarttui ystäväänsä kädestä kiinni ja tuki häntä. Gabriel hengitti syvään syysilman kuulautta ja istuutui maahan. Dimitri istui hänen viereensä huolestunut ilme kuvankauniilla poikamaisilla kasvoillaan, jotka saivat hänet näyttämään ikäistään nuoremmalta.

"Olen tosiaan pahoillani Gabriel, minä –" hän aloitti mutta Gabriel keskeytti hänet kädenheilautuksella. "Ei se mitään Dimitri, olen kiitollinen avustasi. Mutta minun on jatkettava matkaa ja etsittävä Cirende, sillä annoin lupaukseni hänen isälleen ja ennenkaikkea, itselleni ja Cirendelle." Dimitri huomasi ystävänsä puristavan nyrkissään hopeista medaljonkia. Gabrielin katse oli harhaileva ja hän tuntui olevan ajatuksissaan. Joten Dimitri nousi ja huikkasi iloisimmalla äänellään; "No sitten minä tulen mukaasi! Ja ei, älä yritäkään estää minua! Luuletko että minä istun kotona sormet ristissä kun sinä kiertelet maailmoja ympäriinsä! Sinä tunnet minut, minä en anna periksi." Gabriel hymyili, ja yhtäkkiä hän nauroi sydämensä kyllyydestä. "Kyllä minä tunnen sinut Dimitri, olet yhtä jääräpäinen ja itsepäinen kuin minäkin. Joten voit tulla mukaani sillä tiedän että vaikka veisin sinut väkisin takaisin

Lehmuslaaksoon, sinä kulkisit pian perässäni kuin varjo."

Dimitri hymyili ystävälleen joka näytti piristyneen silmissä.

"Hyvä, se on sitten sovittu. Ja nyt lähden etsimään meille

ruokaa." Ja sen jälkeen hän katosi ja haltiainkorvillaan Gabriel

kuuli ystävänsä naurun kaukaakin. Dimitrin mentyä Gabriel

tunsi miten hänen huolensa olivat hetkeksi väistyneet mutta

sitten hän tunsi painon jälleen sydämellään. Kuin raskas kivi

painaisi hänen rintaansa. Hän oli vaipunut mietteisiinsä kun

yhtäkkiä oli kuulevinaan heikon kuiskauksen. 'Gabriel!', Gabriel

nousi pystyyn ja katseli ympärilleen. Hän yritti kuulostella mistä

ääni oli tullut mutta oli jälleen aivan hiljaista, kuului vain tuulen

kuiskinta puiden oksilla. Hermostuneena hän jäi odottamaan

Dimitrin palaamista. Mutta nyt hänen mielensä oli entistäkin

levottomampi.

Dimitri oli palannut pian ja he olivat syöneet maittavan

ilta-aterian jonka jälkeen he panivat levolle. He jakoivat

vahtivuorot ja Dimitri otti ensimmäisen vuoron, johon Gabriel

suostui pitkän vastaanväittelyn jälkeen. Ilta oli rauhallinen, kuu

oli noussut taivaalle ja valaisi hopeisella valollaan. Dimitri istui

nuotion äärellä jossa paloi pieni, iloinen liekki. Gabriel nukkui

nuotion toisella puolella ja hän oli vetänyt repun päänsä alle ja

matkaviittansa peitoksi ylleen. Dimitri katseli ystäväänsä. Kuun

valo loi varjoja Gabrielin kasvoille ja toi näkyviin hänen

uskomattoman kauniit kasvonpiirteensä. Gabriel liikahteli levottomasti unissaan. Dimitri muisti Cirenden. Hän muisti tämän neidon joka oli ollut silloin siellä kun ne miehet olivat tunkeutuneet Lehmuslaaksoon. Dimitrin suurimmaksi häpeäksi hänen avullaan koska hän oli ollut luottavainen hölmö! Dimitri muisti kyllä että joku oli pidellyt häntä sylissään kun hänen maailmansa oli pimentynyt. Tämä neito oli kuiskannut hänelle lohduttavia ja rohkaisevia sanoja ja silittänyt hänen veren tahrimia hiuksiaan. Sen jälkeen Dimitri muisti että oli aivan kuin leijunut ilmassa ja kuullut monia tuttuja ääniä ympäriltään. Ja kaikkein tutuin oli Gabrielin ääni, tämän ääni joka oli pyydellyt anteeksi ja pyytänyt häntä palaamaan takaisin. Ja joskus Gabrielin tasaisen hengityksen ääni kun tämä nukkui hänen sairasvuoteensa vierellä. Ja erään asian Dimitri muisti jota hän ei ollut kertonut kenellekkään, ei edes Gabrielille. Sen että hän oli kuullut myös erään toisen tutun äänen viereltään, nimittäin Cirenden. Tämä oli hiipinyt katsomaan Dimitriä toisena iltana kun tämä oli ollut tajuttomana. Gabriel oli nukkunut syvää unta sillä kertaa ja Cirende oli istunut Dimitrin sängyn viereen ja silittänyt tämän nyt puhtaita kasvoja ja hiuksia hellästi. Cirende oli painanut kätensä hellästi arven päälle, sulkenut silmänsä ja saanut ennakkonäyn, lahjan jonka hän oli perinyt äidiltään. Dimitri oli nähnyt saman näyn.

Dimitri oli kulkenut pimeässä metsässä, ja tuntui etsivän jotakuta. Jokin ajatus pyrki hänen mieleensä koko ajan. *Gabriel*. Hän etsi Gabrielia. Missä tämä oli? Dimitri näki itsensä pysähtyvän yhtäkkiä ja katselevan ympärilleen. Sitten hän näki mustan suden metsän reunassa. Se katsoi häntä hiljaisuuden vallitessa. Sitten musta susi katosi metsään ja Dimtri juoksi perään hätääntyneenä. 'Odota! Odota Gabriel', Dimitri huusi. Dimitri juoksi juoksemistaan kunnes hän kuuli raivoisaa taistelun ääntä edestäpäin. Suden ulvontaa ja miehen sadattalua ja kirouksia, kunnes yhtäkkiä ilman täytti tuskainen ääni joka kylmäsi Dimitrin sydäntä. Kun Dimitri viimein saapui aukiolle, joka yhtäkkiä ilmestyi metsän keskeltä, hän näki miten suuri tammi hallitsi aukiota kurotellen valtavia oksiaan .Puun vierellä oli suuri kivinen paasi ja sen ympärillä oli pienempiä kiviä ympyränä. Ja tuota suurta kivistä paasia vasten makasi musta susi jonka pää näytti riippuvan velttona. Ja veri oli värjännyt suden turkin etumuksen.

"EI!", ääni jonka Cirende oli tukahduttanut purkautui nyt syvältä Dimitrin sisimmästä ja Dimitri aukaisi silmänsä sokean pelon vallassa. Hän katseli ympärilleen hetken ennenkuin tajusi makaavansa maassa ja arveli nukahtaneensa. Gabriel oli hänen vierellään huolestunut ilme kasvoillaan ja ravisteli ystäväänsä hellästi. "Mitä? Mitä on tapahtunut Dimitri?

Heräsin siihen kun huusit kuin sinua olisi miekoin pistelty."

Dimitrin katse tarkentui ystävänsä kasvoihin. Lopulta Dimitri nousi istumaan paremmin, haroi hiuksiaan ja veti syvään henkeä. "No, kerro jo Dimitri! Mitä tapahtui? Nukahditko sinä?", Gabriel kyseli ja ojensi ystävälleen juotavaa. Dimitri joi lämmittävän juoman kiitollisena. Hetken päästä hän tuntui saavan jälleen äänensä takaisin, hän pudisteli päätään ja peitti kasvonsa käsillään. "En tiedä Gabriel, en tosiaan tiedä! Muistan vain että istuin nuotiolla ja kuuntelin metsän ääniä. Oli ihan rauhallista. Muistan että mietin sitä päivää kun minä tyhmyyksissäni johdatin ne miehet Lehmuslaaksoon, ja sitä kun olin tajuttomana. Sillä minä kyllä kuulin ääniä, ja muistan että sinä istuit luonani koko sen ajan." Dimitri kosketti arpeaan hiusrajassa hajamielisenä. "Ja muistan että Cirende oli siellä myös, hän kävi katsomassa minua kun sinä nukuit. Ja hän oli huolestunut. Hän kosketti arpeani ja...tämä...tämä tuntuu minusta hullulta!" Dimitri pudisteli taas päätään epäuskoisena.

Mutta Gabriel tarttui häntä olkapäästä kiinni ja kehotti ystäväänsä jatkamaan. Dimitri huokaisi jälleen syvään. "Minusta tuntui...tuntui aivan kuin Cirende olisi nähnyt jotain unta...kuin...", Dimitri epäröi etsiessä oikeata sanaa. "Kuin enneunta vai?", Gabriel kysyi ääni väristen. Dimitri kohotti päänsä ja hymyili ystävälleen kuin olisi saanut oivalluksen. "Juu, aivan! Sitä sanaa etsin. Aivan kuin Cirende olisi nähnyt unta, enneunta, ja minä olisin ollut siinä...ei hetkinen!", Dimitri huudahti ja hän ponnahti seisomaan, ja käveli hermostuneena edestakaisin kunnes katsoi Gabrielia ahdistunut ilme sinisissä silmissään. "Ja minä näin sinut siinä unessa Gabriel, sinä olit musta susi metsän reunassa, tuntui kuin minä olisin etsinyt sinua hädissäni. Ja sitten sinä katosit metsään ja minä juoksin sinun perääsi huutaen sinua odottamaan. Kuulin taistelun ääniä. Ja sitten, sitten kuulin sen kamalan tuskan huudon joka ilmeisesti pääsi sinusta, ja....", Dimitrin ääni sortui ja hän kätki kyyneleiset kasvonsa käsiinsä. Gabriel halasi poikaa ja lohdutti tätä. "Se oli vain unta Dimitri. Ei minulle mitään tapahdu. Mutta sitä ihmettelen ettei Cirende koskaan kertonut minulle että oli nähnyt enneunen ja että se koski minua. Hänellä on tämä ennaltanäkemisen lahja äidiltään. Mitähän hän on ajatellut nähtyään sen? Hän on ollut varmasti huolissaan. Eikä hän kertonut tai edes vihjannut mitään siitä minulle." Gabriel tunsi piston sydämessään. Cirende ei ollut uskonut hänelle tätä kyseistä asiaa. Ilmeisemmin hän ei ollut halunnut huolestuttaa häntä. Mutta Gabriel olisi halunnut jakaa tämänkin huolen rakastamansa naisen kanssa. Dimitri oli lakannut nyyhkyttämästä ja kuunnellut Gabrielin selostusta.

Hän katsoi ystävänsä huolestuneisiin ruskeisiin silmiin,

joita tuntui nykyään verhoavan jatkuva surumielisyys, ja hän sanoi; "Gabriel, on vielä yksi asia. Minä muistan kuulleeni mitä Cirende sanoi ennen kuin hän lähti luotani. Hän sanoi ettei antaisi tapahtua sinulle mitään pahaa."

Gabriel oli syvissä mietteissään seuraavan päivän kun he Dimitrin kanssa kulkivat jälleen kerran Lehmuslaakson rajoja pitkin. Cirende oli siis nähnyt enneunen Gabrielista. Ja hän oli luvannut ettei antaisi sen tapahtua. Väristys kulki Gabrielin lävitse. Hän ei pelännyt omasta puolestaan, ainoastaan Dimitrin ja Cirenden puolesta. Mitä jos hän ei pystyisi puolustamaan Dimitriä? Tämä oli kuin pikkuveli hänelle ja hän tunsi tarvetta suojella tätä. Dimitri käveli reippain askelin hänen vierellään ja hänen siniset haltiainsilmänsä olivat valppaat jokaiselle liikkeelle. Ja entä Cirende? Gabriel mietti, mietti päänsä puhki. Ehkä Cirende oli muistanut enneunensa kun oli nähnyt tämän mustan suden joka oli muistuttanut häntä. Ja ehkä Cirende oli pelännyt että tapahtuisi se minkä hän oli nähnyt ennalta. Ehkä hän oli ajatellut minun olevan jossain siellä metsässä ja että näky oli muuttumassa todeksi. Se oli ihan järkeenkäypää, Gabriel ajatteli itsekseen. Mutta sitä hän ei käsittänyt kuka oli voinut olla se musta susi joka esitti häntä Cirendelle? Yhtäkkiä hän pysähtyi kuin seinään tajutessaan erään asian. Dimitri pysähtyi myös. "Sen on täytynyt olla joku muu! Joku toinen joka oli esittänyt minua ja houkutellut Cirenden Synkkään Metsään!"', Gabriel parahti. Hän istuutui kivelle. Dimitri istahti hänen viereensä ja laski jousipyssynsä ja nuoliviinikotelonsa maahan. Sen lisäksi hänellä oli koristeltu veitsi puolustautumista varten, niinkuin jokaisen haltian varustuksiin kuului. Lisäksi oli myös pieni eväslaukku ja parannusrohtoja. Dimitrillä oli yllään omiensa tunnuksena harmaanvihreä puku ja housut, ja matkaviitta yllään jossa oli hopeinen, ketun muotoinen solki.

Ilta-aurinko laski punertaen Gabrielin hiukset, kuin tulenkajo olisi leikkinyt hänen hiuksillaan. "Kuka se olisi voinut olla?", Dimitri mietti ääneen. "Olkoon kuka tahansa, se henkilö saa katua syntymäänsä!", Gabriel huudahti. Dimitri laski kätensä ystävänsä olkapäälle ja toisen kätensä veitsensä kahvalle. "Ja voit olla varma että minä tulen olemaan todistamassa sitä päivää, sillä Cirende on myös minulle rakas." Näin ollen he illansuussa saapuivat Lehmuslaaksoon, lähinnä täydentämään muonavarastojaan, ja kertomaan Galahadille etsintöjen kuulumisia, vaikka Gabriel olisi mieluummin ollut tienpäällä jatkuvasti etsimässä Cirendeä. Mutta koska Dimitri oli mukana hänen piti ajatella muitakin kuin itseään, ja sitä jatkuvaa surua joka painoi hänen sydäntään Cirenden poissaollessa. "Onko mitään uutta Cirendestä?", Galahad kysyi Gabrielta joka istui suihkulähteellä ja söi ja joi vaikka oikeastaan hänellä ei ollut nälkä mutta hän tiesi tarvitsevan voimia. Gabriel pudisti suruissaan päätään. Galahad nyökkäsi kuin olisi arvannut vastauksen mutta hänen oli ollut pakko kysyä. Gabriel katseli Galahadia sivusilmällä. Hän oli jopa haltioiden mittapuulla mitattuna uskomattoman kauniskasvoinen, ja hänen pitkä tukkansa oli kuin kehrättyä kultaa. "Lisibeth rakasti auringonnousuja ja laskuja. Hän kertoi että illalla aurinko laski taivaanrantaan, ja suuteli hyvänyön suudelmana taivaan punertavan kultaiseksi, ja aamulla taas noustessaan aurinko ensitöikseen herätessään valaisi taivaan hymyllään kirkkaaksi kuin sula kulta. Hän sanoi aina että tukkani muistutti sitä aamuista auringonnousua taivaalla. Ja minulle Lisibethin hymy oli kuin tuo aamuisen auringon ensimmäinen hymy päivälle." Koko sen ajan kun Galahad puhui hänen silmissään oli kaihoisa ilme. Kun hän kääntyi Gabriel tuskin pystyi kestämään Galahadin kasvoilta näkyvää musertavaa surua. Tuntui kuin Galahadin kasvoja verhoaisi uudempi surunverho, koska häntä painoi edelleen vaimonsa kuolema, ja nyt vielä hänen ainoa jäljellejäänyt elämänilonsa, heidän tyttärensä, oli kadonnut. Gabriel ajatteli mielessään että jos Cirende ei palaisi koskaan takaisin se tosiaan murtaisi hänen isänsä sydämen. Mutta sitten Gabriel ravisteli tälläiset mietteet äkkiä pois mielestään. Hän löytäisi Cirenden. Minun on pakko löytää hänet. "Minä löydän hänet ja tuon hänet takaisin, lupaan sen. En lepää ennen kuin hän on turvassa taas", Gabriel sanoi vakaa ilme kasvoillaan. Galahad nyökkäsi hänelle. "Minä tiedän sen, mutta älä tee lupauksia joita et ehkä pysty pitämään."

Näin ollen he menivät maaten mutta Gabriel ei pystynyt nukkumaan. Hän nousi vuoteeltaan ja hiipi hiljaa kuin varjo Cirenden huoneeseen. Ovi ei ollut lukossa. Huoneessa pystyi vieläkin aavistamaan Cirenden tuoksun, hän melkein pystyi näkemään Cirenden kasvot peilissä joka oli huoneen perällä vaatekaapin vierellä. Peilissä oli kultaiset reunukset jotka oli koristeltu haltiakuvioin samalla tavalla kuin ovenkarmissakin ja sängyn reunoissa. Gabriel käveli hiljaa kuin kunnioittaen huoneen hiljaisuutta. Hän oli kuulevinaan puvun kahinaa takaansa ja kääntyi nopeasti katsomaan. "Cirende?", hän kuiskasi sydän hakaten. "Gabriel?", ääni oli kuiskaustakin hiljaisempi ja se lausuttiin hennolla äänellä. Äänellä jonka Gabriel olisi tuntenut missä vain. "Cirende!", Gabriel puhui jo kovemmalla äänellä. Silloin Gabriel näki hänet. Cirenden surumieliset kasvot näkyivät peilistä. Gabriel oli jähmettynyt paikalleen eikä hän saanut jalkojaan liikkeelle hänen katsellessaan lumoutuneena Cirenden hahmoa, taikka haamua, joka nyt puhui hänelle omituisen ontolla äänellä. "Ole kiltti ja etsi minut", hahmo sanoi kuin olisi puhunut jostain kaukaisuudesta. "Minä löydän sinut Cirende! Kerro vain missä olet? Mistä löydän sinut?...", Gabrielin puhui kuin yhtämittaa kunnes hahmo yhtäkkiä katosi. "Cirende! Cirende!", Gabriel sopersi itku kurkussa. "Älä mene! Tule takaisin! Minä rakastan sinua!", Gabriel polvistui maahan ja peitti kasvonsa kyynelten virratessa poskiaansa pitkin. Pian Gabriel kuuli Dimitrin äänen viereltään. Tämä oli rynnännyt huoneeseen kuullessaan Gabrielin äänen. Dimitri sai vaivoin selvää Gabrielin selityksestä että hän oli nähnyt Cirenden hahmon peilissä ja tämä oli pyytänyt etsimään hänet. Sen jälkeen kun Galahad oli saapunut paikalle ja kuullut selvityksen Dimitriltä he ohjasivat Gabrielin takaisin huoneeseensa lepäämään. Galahad antoi peittää peilin lakanalla. He sulkivat Cirenden huoneen oven jäljessään eikä Gabriel tiennyt näistä toimista mitään sillä hän oli lopultakin nukahtanut syvään ja levottomaan uneen näkemättä enää unia taikka Cirendeä.

"Cirende ajelehti kuin sumussa. Hän avasi silmänsä ja katseli vankilansa pimeitä seiniä ympärillään. Ylhäällä näkyi tähdetön taivas tai siltä se ainakin Cirendestä vaikutti. Missä minä olen? Cirende ajatteli jälleen kerran epätoivoisena. Miten pääsen täältä pois? Cirende sulki jälleen silmänsä ja pyysi mielessään apua, hän pyysi äitiään apuun, hän pyysi tämän neuvoja ja viisautta luokseen. Yhtäkkiä Cirende kuuli äänen käskevän häntä juoksemaan kohti valoa tunnelin päässä! 'Nyt! Juokse nyt!', ääni käski. Cirende avasi silmänsä ja huomasi samassa edessään pitkänomaisen tunnelin jonka päässä kajasti hento valo. Cirende ei miettinyt enempää vaan lähti kiireesti juoksemaan kohti valoa. Kun hän ikuisuudelta tuntuvan ajan päästä saapui valon luo hän huomasi että se oli hänen huoneensa johon kuunvalo loisti ikkunasta. Hän seisoi todella omassa huoneessaan Lehmuslaaksossa! Cirende riemuitsi kunnes hän kuuli äänen, tuon tutun äänen joka oli vainonnut häntä unissaan, hänen pimeässä vankilassaan. "Cirende?", ääni kuiskasi. Cirende kääntyi ja liikahti jolloin hänen pukunsa helma kahahti hiljaa. Cirende näki Gabrielin hahmon seisovan häntä vastapäätä katsellen häntä ruskeat silmänsä täynnä ihmetystä. Gabrielin kasvot täyttyivät epäuskosta ja niin suuresta riemusta että Cirenden oli vaikea olla huutamatta onnesta mutta yrittäessään päästä Gabrielin luokse hän tunsi miten jokin kahlitsi hänen jalkansa siihen paikkaan. Cirende aavisteli että hän joutuisi pian palaamaan takaisin vankilaansa, ja hän tiesi että hänen pitäisi yrittää sanoa jotain Gabrielille. Cirende keräsi kaiken tahdonvoimansa ja huudahti "Ole kiltti ja etsi minut!", ääni kuulosti heikolta Cirenden korvissa mutta hän tiesi Gabrielin kuulleen sillä tämä pyyteli häneltä lisää neuvoja epätoivoisena. Mutta sitten Cirende näki miten huone alkoi hämärtyä ja hänen viimeinen näkynsä oli Gabriel joka huusi hänen peräänsä rakastavansa häntä ääni tuskaisena. Cirende huudahti rakastavansa myös Gabrielia mutta tiesi ettei tämä enää kuullut häntä vankilansa seinien takaa. Hän sulki silmänsä kyynelten virratessa valtoimenaan poskillaan. Cirende pelkäsi että oli nähnyt Gabrielin viimeisen kerran."

Meredith tunsi itsensä petetyksi. Hän käveli hermostuneena edestakaisin valtaistuinsalia ja hänen pitkän pukunsa laahus kahisi. Puku oli ohuen ohutta silkkiä joka välkehti hopeisena. Meredithin kultainen tukka oli kiedottu kruunuksi hänen päänsä päälle eikä hänellä ollut muita koruja kuin äidiltään saama perintösormus. Hän ei tosin tarvinnut koruja sillä hän oli perinyt huikaisevan kauneutensa äidiltään joka kuului erääseen hyvin vanhaan haltiasukuun, joka oli kulkenut maan päällä jo kauan aikaa, aikojen alusta asti. Kärsimättömän mielensä hän oli perinyt isältään sekä sen luonteenpiirteen joka oli ikävä, eli kostonhalun. Tämän oli Galahadkin huomannut ja hän oli ollut surullinen siitä että tämä musta osa Meredithin sielussa, jonka hän oli perinyt isältään, otti hänessä vallan nähtyään äitinsä kuoleman, jonka hänen isänsä oli suutuksissaan ja hetken mielijohteesta aiheuttanut. Galahad oli lähettänyt vartionsa etsimään Meredithiä mutta lopulta he olivat palanneet tyhjin käsin kahden kuukauden etsimisen jälkeen. Etsintä oli ulottunut kauas Lehmuslaakson rajoilta tuntemattomille seuduille, jopa ihmisten valtakuntaan lähelle pohjoista rajaa, jota kutsuttiin nimellä 'Kultaisen Kotkan Kaupunki.' Kaupunki itsessään ei ollut kultainen nimensä mukaisesti. Nimen kaupungille oli antanut ihmisten ensimmäinen korkea kuningas, Eoren, jonka vallantunnukseen, kultaiseen kruunuun kuului kultainen kotka joka oli levittänyt siipensä noustakseen lentoon. Mutta tämä tapahtui hyvin kauan sitten, niin paljon aikaa siitä oli ettei ihmisten muisti enää nykyään yltänyt noihin menneisiin päiviin. Eoren oli ollut ihmisten ensimmäisiä kuninkaita ja hänen jälkeensäkin kaupunkia kutsuttiin 'Kultaisen Kotkan Kaupungiksi'. Hän oli ollut viisas, myötätuntoinen ja oikeudenmukainen. Ja kun Galahadin lähettämät etsintäpartiot olivat lopulta palanneet tuloksettomilta matkoiltaan, eikä Kultaisen Kotkan Kaupungissakaan oltu kuultu mitään tästä velhosta, Galahad oli ollut syvästi murheissaan. Hän ei ollut pystynyt auttamaan Meredithiä, Orfaelin ja kuvankauniin Arienden ainoaa tytärtä samoin kuin ei ollut pystynyt estämään Arienden kuolemaakaan.

Mutta nyt Meredithin viha oli suuntautunut kohti Cirendeä ja tämän vankilaa, jota hän oli luullut aukottomaksi. Hän oli nimittäin saanut tietoonsa (hänellä oli paljon vakoilijoita metsässä) että Lehmuslaaksossa oli nähty Cirende tai tämän hahmo omassa huoneessaan, ja se oli ajanut Gabriel-nimisen haltiamiehen miltein järjiltään. Meredith ei ymmärtänyt miten Cirende olisi voinut paeta vankilastaan. Hän päätti ottaa siitä selvää. Hän kulki valtaistuinsalin perällä olevasta ovesta johon vain hänellä oli avain. Sen jälkeen hän kulki kapeita portaita alas jolloin hän tuli pieneen huoneeseen jossa ei ollut ikkunoita. Huoneessa oli ainoastaan suuri hopeinen peili peitettynä kankaalla. Meredith nosti kätensä ja mutisi loitsun jolloin raskas kangas tippui peilin päältä lattialle ja paljasti peilin hopeisena välkehtivän pinnan, joka muistutti veden väreilyä. "Paljasta itsesi!", Meredith lausui juhlallisesti jolloin peiliin ilmestyi kuvajainen mustatukkaisesta tytöstä jonka siniset silmät näyttivät pohjattoman surullisilta. "Päästä minut pois täältä! Minä vaadin sinua päästämään minut pois! Tiedätkö kuka olen? Olen Cirende Korpintukka, Galahadin ja Lisibethin tytär, Lehmuslaakson prinsessa!", Cirende huusi kiukkuisena mutta Meredith hymyili ivallisena ja hiljensi tytön käden heilautuksella. "Tiedän kyllä kuka olet, ja juuri sen takia olet siellä vankina. Eikä sinulla ole valtaa täällä, minun valtakunnassani. Joten voit lopettaa nuo puheet välittömästi." Cirende vaipui istumaan ja peitti kasvonsa käsiinsä. Tämä ele ei hellyttänyt Meredithin sydäntä jonka hän oli kovettanut jo kauan aikaa sitten. "Kerro heti miten pääsit livahtamaan pois peilistä omaan huoneeseesi Lehmuslaaksossa! Ja puhukin totta tyttö!", Meredith huudahti kiivastuneena jolloin Cirende nousi salamana ylös, ja hänen sinisissä silmissään oli pelokas ilme johtuen siitä että hänen lyhyt pakonsa oli huomattu. Cirende aukoi suutaan mutta ei saanut sanaakaan ulos. Lopulta hän pudisteli päätään surullisena, ja pitkän ajan kuluttua hän nosti uhmakkaan katseensa vanginvartijaansa joka näytti ärtyneeltä ja vastasi äänellä joka oli vakaa kuin kallio; "Minä en kerro sinulle mitään, sinä julma nainen. En vaikka joutuisin olemaan täällä ikuisuuden vankina." Meredith naurahti niin julmasti että Cirende värähti tahtomattaan. "Sinä luulet uhmaavasi minua! No hyvä on, jos se on tahtosi, älä kerro mitään mutta ikuisuuden sinä joudut siellä olemaan!", ja näine hyvineen Meredith huudahti käskevällä äänellä "Peitä itsesi!", jolloin Cirende katosi näkyvistä ja kangas peitti peilin jälleen. Ja niin Meredith nousi portaita valtaistuinsaliin ja sulki oven takanaan. Cirende jäi yksinään vankilansa hämäryyteen itkien hiljaa itsekseen.

Gabriel heräsi aamulla anivarhain. Hetken aikaa hän silmäili ympärilleen huoneessaan kunnes Cirenden poissaolo iski häntä jälleen rintaan niin musertavana että hän melkein haukkoi henkeään. "Cirende!", Gabrielin ääni oli vain kuiskaus ja hän peitti kasvonsa käsiinsä. Lopulta hän nousi ja kun hän saapui alas juhlasaliin aamiaiselle hänen kasvoiltaan ei pystynyt lukemaan edellisen yön tuskia, vain surun murtamat silmät paljastivat hänet tarkkasilmaisille, eli Dimitrille ja Calahadille jotka olivat tunteneet hänet pisimpään hänen oman perheensä lisäksi. Galahad tarkkaili Gabrielia tämän syödessä kaikessa hiljaisuudessa. Hän ymmärsi nyt viimeinen että Cirende oli tälle miehelle kaikki kaikessa, ja että Cirenden elämään kuului nyt isänsä lisäksi toinen tärkeä henkilö, jolla oli paikkansa hänen sydämessään. Galahad vain toivoi kaikesta sydämestään, oi miten hän toivoi että saisi Cirenden takaisin kotiin! Galahad tiesi että hän vaikka antaisi henkensä tyttärensä onnen puolesta. Vaikka hän olisi lähtenyt, Cirendellä olisi Gabriel tukenaan. Ja tietysti Dimitri joka ihaili Cirendeä, tämä olisi Cirendelle kuin oma veli jota hänellä ei ollut. Näissä mietteissään Galahad sitten nousi pöydästä, katsoi Gabrieliin ja sanoi; "Poika, minä en toivo mitään muuta niin paljon kuin sitä että sinä toisit Cirenden takaisin sinne minne hän kuuluu, kotiin. Minä tiedän että sinä aiot etsiä häntä etkä luovuta. Ja muista poikani, että minä annan sinulle anteeksi vaikket löytäisi tytärtäni, sillä minä tiedän että hän yrittää kaikkensa päästäkseen luoksemme. Ja jos me emme häntä löydä, meidän on pystytettävä hänelle patsas muistoksi ja sanoitettava lauluja joissa häntä muistetaan ja ylistetään kuten äitiään kunnes maailma jonka tunnemme päättyy. Mutta vielä ei ole sen aika. Vielä me elätämme toivoa. Minä menen nyt, rauha teillä." Ja niine hyvineen Galahad kumarsi käsi sydämellä jolloin muut kumarsivat takaisin käsi sydämellä hänelle takaisin. Eikä kukaan sanonut sanaakaan. Ei edes Gabriel jonka tummat silmät olivat täyttyneet kyynelistä jotka nyt virtasivat vuolaina hänen poskillaan.

Gabriel seisoi Lehmuslaakson laidalla katsellen laaksoon joka oli ollut hänelle kuin toinen koti niin kauan aikaa. Tätä paikkaa hän rakasti enemmän kuin mitään muuta paikkaa synnyinseutujensa lisäksi. Sen vehreitä nummia, jotka ulottuivat silmänkantamattomiin, kultaisia viljapeltoja jotka lainehtivat lempeän tuulen puhaltaessa yli peltojen. Sen metsiä, kaikkia puita jotka olivat eläneet täällä kauemmin kuin hän, puita jotka muistivat paljon menneisyydestä, puita jotka olivat kasvaneet ja juurtuneet tänne syvälle maahan. Sen laaksoja ja niittyjä joilla kasvoi kultaisia, sinisiä, punaisia ja valkoisia kukkia. Rauhaisia jokia, salaisia poukamia joita verhosivat ikitammien pitkät oksistot. Tässä hän oli nyt äärikysymysten äärellä. Gabriel oli täyttänyt varusteensa, ja hän tunsi että Cirende kutsui häntä, jostain kaukaa. Hän aikoisi löytää hänet. Hän ei lepäisi ennen sitä. Ja Gabriel oli tehnyt raskaan päätöksen lähteä yksin, salaa. Hän oli jättänyt lapun huoneeseensa ja pakannut mukaansa vain sen mitä ehdottomasti tarvitsisi. Eikä hän ollut uskaltanut kertoa kenellekään etteivät he estäisi häntä. Hän oli jättänyt lappuun viestin Galahadille, ja yrittänyt selittää tekoaan. Ja sitten toisen viestin, sen kaikkein raskaimman, hän oli jättänyt ystävälleen, veljelleen, Dimitrille. Hän toivoi että tämä antaisi hänelle anteeksi, sillä hän tunsi ettei halunnut saattaa ystäväänsä vaaraan. Gabriel oli tuntenut vuodattaneensa monen monta pisaraa sydänvertaan kirjoittaessaan viestiä. Lehmuslaaksossa ei ollut enään mitään häntä varten nyt kun Cirende oli poissa. 'Paitsi Dimitri ja Galahad', ääni kuiskasi hänen sydämessään. Mutta Gabriel vaiensi äänen nopeasti. Niin, hän oli paljon velkaa noille kahdelle henkilölle siitä ystävällisyydestä jota oli saanut osakseen. Mutta nyt hänen oli mentävä ja hän rakasti heitä liikaa tuottaakseen enempää surua ja tuskaa heille taikka saattamalla heidät vaaralle alttiiksi. Näin Gabriel hyvästeli mielessään Lehmuslaakson. Ja lopulta hänen onnistui kääntää selkänsä rakkaalle laaksolle ja sen asukkaille. Miten pitkäksi aikaa, sitä hän ei tiennyt. Nyt hänelle oli edessään vain pitkä, tuntematon tie jota kulkea. Pidellen Cirenden medaljonkia tiukasti kädessään, hän asteli reippain askelin eteenpäin vain Cirenden suloiset kasvot enää mielessään.

Sen jälkeen kun Gabrielin katoaminen huomattiin Lehmuslaaksossa oli Gabriel itse jo pitkällä. Galahadilta kysyttiin lähetettäisiinkö partio hänen peräänsä noutamaan hänet kotiin, mutta murheissaan Galahad vain sanoi; "Älkäämme estäkö häntä sillä Gabriel Sudensielu on valinnut tiensä. Toivon vain että onni on hänellä myötä." Sen jälkeen Galahad oli jälleen kulkenut vaimonsa haudalle päästäkseen miettimään rauhassa. Lisibethin kummun luona Galahad viipyi koko sen päivän ja yön. Hän istui nurmella ja katseli kukkia vaimonsa haudalla. Hän näytti täysin liikkumattomalta, haltioilla kun on kyky olla täysin liikkumatta pitkiäkin aikoja. Kukaan ei tohtinut häiritä häntä, sillä tämä paikka kuului vain Galahadille ja Lisibethille. Galahadin sinissä haltiainsilmissä oli tutkimaton katse. Galahad kuulosteli metsää, sen erilaisia ääniä. Puro solisi iloisesti ja linnut kunnioittivat paikkaa hiljaisuudellaan paitsi silloin kun Galahad pyysi niitä laulamaan sillä Lisibeth oli rakastanut lintujen laulua. Tässä paikassa aika tuntui pysähtyneen, ja Galahad saattoi miltein vannoa tuntevansa vaimonsa läsnäolon, aivan kuin hän voisi yhtäkkiä ilmestyä polun takaa hymyillen kilpaa auringon kanssa niin kuin aina ennen. Lisibeth tulisi Galahadin viereen istumaan nurmelle, nojaisi päänsä hänen olkaansa vasten, ja Lisibethin mustat, pitkät hiukset yltäisivät maahan saakka, ja hän olisi hymyillyt Galahadille katsellen häntä silmillään, jotka olivat yhtä vihreät kuin tuon metsän ikipuiden lehdet. Galahad sulki silmänsä ja hengitti syvään lintujen yhtäkkiä puhjetessa iloiseen lauluun.

Hän oli kuulevinaan tarkoilla haltiainkorvillaan askeleita takaansa jotka pysähtyivät hänen eteensä. Kuului hameen helman kahahdus ruohoa vasten ja Galahad tunsi tutun tuoksun. Hänen kasvojaan kutittivat pitkät hiukset jotka hipaisivat hellästi ohimennen hänen poskeaan. 'Mikä mieltäsi painaa, rakkaani?', hento ääni kuiskasi kuin tiu'ut olisivat helisseet tuulessa.

Galahad avasi silmänsä ja näki vaimonsa edessään joka katseli häntä hellästi. 'Kyse on Cirendestä. Hän on kadonnut vaikka sen sinä varmaan jo tiesitkin, rakkaani?', Lisibeth nyökkäsi vakana sanoen, 'Cirende on vankina, hopeisen lasin takana. Synkän Metsän keskellä olevalta Monien Surujen Aukiolta olet löytävä hänet. Hän pääsi pakenemaan sieltä kerran, mutta vain hetkeksi sillä en pystynyt poistamaan lumousta täysin, jonka vankina hän on.' Tällöin Galahad kääntyi ihmeissään vaimoonsa päin joka jatkoi nyt jo hiukan hymyillen. 'Kyllä, se olin minä, en ole koskaan täysin lähtenyt täältä teidän luotanne pois. Mutta sinähän tiesit sen jo rakkaani, sillä miten usein oletkaan huomannut kun kaivatessasi tuuli käy hiuksiisi ja kuiskaa lohduttavia sanoja korviisi? Kuinka usein oletkaan huomannut itkiessäsi miten pieni perhonen on laskeutunut lepäämään kädellesi? Se olen aina ollut minä rakkaani, ainoani. Rakkauteni pitää minua täällä, ja minä odotan niin kauan kunnes sinä olet jälleen kanssani. Rakastan sinua.' Galahadin sulki silmänsä sillä kyyneleet polttivat hänen silmiäänsä. Avatessaan jälleen silmänsä oli Lisibeth kadonnut ja linnut olivat jälleen vaienneet laulamasta. Ne kunnioittivat Lisibethiä hiljaisuudellaan. Jonkin ajan kuluttua Galahad nousi, ja lähti takaisin polkua pitkin jättäen tuulen huokailemaan kaihoisasti puissa, jotka kurottelivat oksiaan Lisibethin kummun ylle kuin varjellen sitä paikkaa.

Monien Surujen Aukio oli tuttu Galahdille. Kerrottiin että entisaikoina kun maailma oli vielä ollut nuori, eivätkä Synkän Metsän puut olleet vielä kuiskailleet pahoja sanoja, tuo kyseinen metsä oli ollut kaunis paikka ja hyvä kulkea. Siellä oli kasvanut paljon erilaisia rohtokasveja joita erityisesti haltiat olivat käyttäneet jos heidän parannustaitojaan tarvittiin. Silloin olivat haltiat vielä kulkeneet noiden puiden alla ja he olivat kutsuneet metsää eri nimellä, 'Satakielten Metsä'. Sillä metsässä oli asunut satakieliä ja ne olivat laulaneet hyvin kauniisti. Syvällä metsässä oli myös Yngwir-joen alkulähde, ja tuo paikka oli pyhä haltioille. Vain he tiesivät sen tarkan olinpaikan.

Keskellä metsää kasvoi suuri tammi, jonka pitkälle ulottuva oksasto loi kuin vihreän katoksen aukion ylle. Sinne haltiat olivat pystyttäneet suuren kivipaaden, ja pienempiä kiviä ympärille. Tällä paikalla haltiat olivat viettäneet keskikesän päivää, jolloin he olivat juhlineet kolme päivää ja yötä. Silloin haltiat olivat laulaneet kaikki kauneimmat laulunsa, ja ne olivat useinmiten myös ne kaikista surullisimmat. Niillä lauluilla oli muistettu jo edesmenneitä rakkaita. Haltiat olivat vuodattaneet suurimmat surunsa ja kaipuunsa kivipaaden luona. Maa heidän jalkojensa alla oli kastunut heidän kyynelistään, joista oli muodostunut lopulta pieni puro joka liittyi Yngwir-jokeen joka taasen virtasi metsästä ulos, ja Lehmuslaakson läpi, jatkaen matkaansa aina merelle asti. Siitä aukio oli saanut nimensä. Galahad tiesi nyt mitä tehdä. Lisibeth oli maininnut tämän aukion, joka nykyään oli täynnä pahuutta ja ilkeitä ajatuksia. Sen jälkeen kun pohjoisen sotaisat heimot olivat tulleet ryöstöretkilleen, olivat haltiat lopulta pitkien ja katkerien taistelujen jälkeen ajaneet heidät maanpakoon, ja monet olivat piiloutuneet läheiseen metsään joka pian sai uuden nimensä, eivätkä haltiat enää kulkeneet siellä ja lopulta myös satakielet lähtivät ja jättivät metsän. Ennen niin kaunis metsä oli nyt uuden nimensä veroinen, sillä sitä synkensi jatkuva hämärä. Galahad päätti lähteä ja etsiä tyttärensä. Hän kulkisi sinne minne yksikään haltia ei ollut kulkenut moniin, moniin pitkiin vuosiin (paitsi Cirende ja Gabriel aikaisemmin). Hän lähtisi 'Monien Surujen Aukiolle'.

Gabriel oli saapunut samaan aikaan Monien Surujen

Aukiolle, joka kylpi auringonpaisteessa, ja näytti sillä hetkellä kaikkea muuta kuin surulliselta paikalta.

Gabriel aavisti naisen läsnäolon ennenkuin edes näki tämän. Suuren tammen takaa tämä käveli esiin vaaleat hiukset auki, ja yllään vihreä puku, jossa oli koristeena pieniä välkehtiviä kiviä, jotka melkein sokaisivat auringonvalon osuessa niihin. Nainen tuntui kuuluvan tänne, hän oli tuttu näille puille, ruoholle ja kukille. Hänen pukunsa vihreä sävy muutti jatkuvasti sävyään naisen kävellessä Gabrielia kohti. Gabriel seisoi paikallaan kuin noiduttuna. Hän tuijotti naisen kaunispiirteisiin kasvoihin, ja tämän sinisiin silmiin, jotka tuntuivat näkevän ja tietävän kaiken. Nainen pysähtyi hänen eteensä, ja hänen kasvoilleen levisi yllättäen hymy, sellainen hymy jonka on tarkoitus saada kohteensa jalat heikoiksi. 'Minä tiesin, että sinä tulet. Olen odottanut sinua.' Naisen ääni oli kuin samettia, ja hänen hiuksensa tuoksuivat kukilta. Gabriel ei vieläkään puhunut. Nainen kosketti sirolla kädellään häntä olkapäähän, ja kuljetti sormiaan miehen kättä pitkin hitain liikkein ylös ja alas. Naisen hengitys tuntui sumentavan pään. 'Kuka sinä olet?', Gabriel sai viimeinkin sanotuksi. Nainen naurahti niin yllättyneesti että Gabriel ihan hätkähti. 'Minä olen maan ja taivaan valtiatar, ja tämä paikka on valtakuntani. Meredith on nimeni, ja sitä nimeä sinä tulet vielä toistamaan kuin rukousta, ja

73

palvomaan maata jalkojeni alla.' Meredith kosketti Gabrielin poskea, ja silitti tämän hiuksia jotka näyttivät auringonlaskun punaisilta. Gabriel aikoi sanoa jotain mutta lakelteli sanoissaan. Meredith painoi sormensa hänen huulilleen ja hymyili tietävästi. 'Tahdotko nähdä Marmorisalin, paikan jolta hallitsen tätä metsää? Oikeastaan me voisimme hallita yhdessä, sinä ja minä. Olisin kuningattaresi ja ylin kaikista ja kaikesta. Sinä rakastat minua, eikö totta?' Meredith oli nyt niin lähellä Gabrielin kasvoja että tämä saattoi tuntea naisen lämpimän hengityksen kasvoillaan. Gabriel häilyi tietoisuuden rajoilla. Hänen huulensa olisivat tahtoneet lausua 'kyllä' vastaukseksi mutta hänen sydämensä harasi vastaan. Jokin tunne, melkein jo unohtunut, lepatti kuin kynttilän pieni liekki, joka kirkastuu ja voimistuu vähitellen.

Gabrielin käsi ojentautui vaivalloisesti eteenpäin, melkein hipaisten Meredithin poskea, mutta yhtäkkiä hän vetäisikin kätensä nopeasti takaisin, ja puristi Cirenden antamaa medaljongia tiukasti kämmentään vasten. Meredithin siniset silmät jotka ensin näyttivät uskomattoman lempeiltä ja rakastavilta, muuttuivat salamannopeasti kylmiksi kuin jää. Naisen hymy muistutti nyt puoliksi irvistystä ja hänen hennot kätensä tärisivät tukahdetusta vihasta. Gabriel vastasi naisen katseeseen yhtä tiukalla ilmeellä, ja hetken aikaa he seisoivat siinä kuin kaksi nuorta pajua, jotka nojaavat melkein toisiinsa. Vaaleatukkainen nainen jonka hiukset olivat kultaa ja mies jonka tumma tukka leiskui kuin tuli. Kului tuskallisen pitkä aika kunnes Meredith lopulta antoi ensimmäisenä periksi nojautuen poispäin Gabrielista. Meredith sipaisi irronneet suortuvansa pois kasvoiltaan katsellen samalla tutkivana tätä miestä edessään, joka niin uhmakkaasti vastusti hänen lumoustaan. 'Hän on ensimmäinen, joka pystyy niin tekemään', Meredith ajatteli, nyt hymyillen jo vähemmän kireästi. Gabriel rentoutui hieman ja vaihtoi painoa jalalta toiselle. 'Sinä olet kiintoisa tapaus', Meredith tokaisi melkein ystävälliseen sävyyn. 'Kuka oikein olet, muukalainen, joka uskaltaudut Synkän Metsän Valtiattaren valtakuntaan?' Gabriel oli juuri vastaamaisillaan kun heidän takaansa kuului tuttu ääni, joka oli täynnä epäuskoa ja hämmennystä. Ja melkeinpä iloa jälleennäkemisen johdosta. 'Meredith? Oletko se todella sinä?' Meredithin koko vartalo jäykistyi yhtäkkiä ja naisen kasvoilta kuvastui... melkein kuin toivon kipinä. Toivo paremmasta johon hän oli uskonut, silloin ennen, kauan kauan sitten. Niin Gabriel arvioi Meredithin kasvoilta kuvastuvaa tunnetta, kun hän todisti näiden kahden tutun henkilön tapaamisen monien vuosien eron jälkeen. Galahad oli tullut.

Hitaasti Meredith kääntyi katsomaan tulijaa. Galahad

seisoi pitkänä ja ryhdikkäänä sotisovassaan, joka loisti kuin hopeinen tähti. Hänellä ei näyttänyt olevan aseita laisinkaan mukanaan. Vain matkamiehen paras ystävä, eli vyöllään laukku jonka sisältö oli samanlainen kuin mitä kaikki haltiat käyttivät pitkiä matkoja kulkiessaan. Galahdin kultainen tukka oli takaa osittain palmikolla kiinni. Hänen kasvonsa näyttivät nuorentuneen monia vuosia hänen katsellessaan Meredithiä edessään. Nainen seisoi selin Gabrieliin joka ei nähnyt tämän kasvoja, eikä kyyneleitä joita tämä yritti pidätellä. Hymyillen iloisesti Galahad astui askeleen kohti Meredithiä mutta sillä hetkellä nainen muuttui kuin silmänräpäyksessä, hänestä tuli jälleen kylmä ja kova. Meredith nosti kätensä torjuvasti eteensä ja hänen äänensä oli kuin pakkasen purema tuuli joka puhui. 'Olet siis viimeinkin tullut, Galahad Kultatukka. Ei, älä tule lähemmäs -', Meredith pudisteli päätään ja astui askeleen taaksepäin kun Galahad oli lähestynyt häntä torjuvista eleistä huolimatta. Galahad pysähtyi ja hänen sinisistä silmistään kuvastui pohjaton suru. Muistot, muistot paloivat hänen rintakehässään kuin korventaen, hänen mielensä täyttivät itsesyytökset ja raastava syyllisyys. Kun hän puhui, hänen äänensä täytti tuon aukion voimallaan, mutta silti tuo ääni oli tuskin kovempi kuin kuiskaus tuulessa. 'Meredith, et tiedä miten suunnattoman pahoillani minä olen. Minä en pystynyt estämään

Arienden kuolemaa, -', Meredith säpsähti kuullessaan äitinsä nimen ja kätki kasvonsa käsiinsä, horjuen samalla niin paljon että Gabrielin oli otettava hänestä kiinni ettei nainen olisi kaatunut. 'Enkä saanut isääsi oikeuden eteen vastaamaan rikoksistaan äitiäsi ja sinua kohtaan. Niin, hän hylkäsi rakkauden sillä hetkellä kun päätti tuhota toisen elämän. Ja hän hylkäsi sydämensä sillä hetkellä kun jätti sinut.' Galahad astui jälleen lähemmäs mutta tällä kertaa Meredith tuskin huomasi sitä sillä hän nyyhkytti niin rajusti että koko hänen hento vartalonsa vapisi kauttaaltaan.

Galahad veti Meredithin syliinsä ja silitti tämän kultaisia hiuksia. Lopulta Meredith rauhoittui hieman ja hän astui jälleen kauemmas Galahadista mutta jäi tuijottomaan tätä silmiin lähietäisyydeltä. 'Miksi et tullut hakemaan minua? Minulta riistettiin kaikki, ihan KAIKKI, ymmärrätkö? Tuo mies, jota en kutsu isäkseni, hän vain nauroi kun äitini pyysi ja rukoili häntä lopettamaan kokeensa. Hän nauroi vielä silloinkin kun oli iskenyt voimillaan äitini maahan. Kaikki se veri, punaisena koko lattia', Meredith sopersi puoliksi kauhuissaan, aivan kuin olisi elänyt sitä päivää uudestaan ja uudestaan. Galahadin kasvot näyttivät tuhkanharmailta, eikä Gabrielkaan välttynyt siltä miten hänen sydämensä täyttyi säälistä. Meredith oli istuutunut läheiselle kivelle ison kivipaaden varjon alle. Siinä hän katsoi kivipaasia, ja hetken aikaa kaikki olivat hiljaa. Galahad näytti entistä synkemmältä ja Gabriel ei tiennyt mitä olisi voinut sanoa. Jälleen Meredith puhui, tällä kertaa hänen äänesä oli tyyni kuin tuuleton päivä. 'Tämä paikka on totta totisesti Monien Surujen Aukio, sillä tänne minä harhailin lähdettyäni pakoon isääni. Onneksi hän ei tuntunut huomanneen minua. Täällä lähistöllä asuneet hyvät ihmiset ottivat minut hoiviinsa, ja heidän kanssaan olen asunut siitä lähtien. Jokaisena yönä näin saman painajaisen, elin uudestaan jokaisen tuskallisen hetken. Päivästä ja viikosta toiseen. Vuosi vuodelta kunnes sydämeni oli paatunut, enkä tuntenut enää mitään. Kyyneleeni vuodatin tällä paikalla, ja maa kastui suruni alla. Lopulta kyyneleet loppuivat.'

Galahad puhui nyt. 'Meredith, sanani eivät voi tuoda äitiäsi takaisin ja tehdä tehtyä tekemättömäksi. Kunpa voisikin. Usko minua, jos pystyisin, toisin hänet takaisin, ja rakkaan Lisibethin vaikka se veisi henkeni!' Meredith katsoi Galahadia kuin yrittäisi etsiä mielensä sopukoista jotakin muistoa, jonka oli kadottanut jo kauan aikaa sitten. Sitten hänen katseensa kirkastui yllättäen. 'Niin, Lisibeth! Hän oli hyvä minulle. Aina rakentamassa rauhaa riitapukareiden välille.' Nyt Meredith jo hymyili. Yhtäkkiä hänen hymynsä kuitenkin katosi yhtä nopeasti kuin oli tullutkin. Meredith nousi ja pudisteli pukunsa ylle pudonneita lehtiä. 'Luulen että olen tehnyt kamalan virheen.

Minuun sattui, voi kuinka kaikki oli yhtä tuskaa! Monien pitkien öiden aikana minä lopulta uskottelin itselleni että sinä olit osasyyllinen äitini kuolemaan. Se helpotti tuskaani hieman, koska tuskan tilalle alkoi nousta uusi tunne, viha. Ja se viha täytti minut, muutti minut.' Galahad kuunteli edelleen vaitonaisena, nyökkäili vain välillä. Meredith jatkoi, 'Tiesitkö että juuri ennen kuin äitini kaatui kuolleena maahan, hän kääntyi katsomaan ja näki minut syrjäsilmällä. Hänen silmänsä täyttyivät kauhusta ja hänen huulensa muodostivat sanan, 'Juokse!', ja sen minä totisesti teinkin. Juoksin ja juoksin. Minä myös pakenin tunteitani ja suruani. Mutta nyt minun on aika korjata erehdykseni.'

Juuri sillä samalla hetkellä ilman täytti yhtäkkiä sanoinkuvaamaton kauhu ja pimeys. Aurinko katosi mustan pilven taakse joka tuntui liikkuvan kaikkea muuta kuin luonnollista vauhtia. Kylmä ja pureva tuuli puhalsi yli aukion. Meredith nousi äkkiä ylös ja oli kompastua kiveen. 'Se on hän! Hän on löytänyt minut!' Meredithin ääni oli täynnä pelkoa ja hän takertui Galahadin olkapäähän. Metsän varjoista aukiolle astui pitkä ja synkännäköinen mies. Hänellä oli musta lyhyt parta, musta takkuinen tukka ja hänen silmänsä olivat yötäkin mustemmat. Nuo silmät paloivat kuin kekäleet hiilloksessa. Mies nojasi ryhmyiseen sauvaan ja hänellä oli yllään kuluneet mutta siistit vaatteet ja turkisviitta jonka hupun hän oli työntänyt syrjään. Pelko tuntui astelevan miehen edellä. Galahad veti Meredithin taakseensa ja käski Gabrielia suojelemaan naista. Gabriel oli juuri esittämäisillään vastalauseensa kun tummanpuhuva mies puhui kuin ukkosen äänellä. 'Kuka sinä olet minua estämään, Galahad Nokitukka? Sillä minä olen suuri Ofelius, velhoista kaikkein mahtavin. Kaikki nämä vuodet olen kerännyt voimia ja kierrellyt maita, piileskellen kuin kettu kolossaan. Mutta nyt minä olen saapunut vaatimaan omaani, eli tytärtäni! Hänen lahjansa ovat vertaansa vailla ja yhdessä me hallitsemme tätä maata rautaisella otteella.' Ofelius iski sauvallaan maata ja maa heidän jalkojensa alla kumisi ja jyrähteli. Tuntui kuin maa olisi valittanut ja vaikertanut. Suuri repeämä halkaisi aukion kahtia. Gabriel piteli hädissään kiinni läheisistä kivistä, Meredithin ollessa mykkänä kauhusta. Ainostaan Galahad seisoi suorana ja vakaana. Hän ei pelännyt tuota miestä. 'Sinä et saa häntä, kuulitko!', Galahadin ääni kaikui mahtavana aukiolla, ja hänen sinisissä silmissään kyti voima joka horjutti vastustajaansa, mutta vain hetkellisesti.

Ofeliuksen kasvoille levisi ilkeä virnistys. Yhtäkkiä hänen takaansa kuului äänten sekamelska ja aukiolle rynnisti joukko metsäläisiä ja kaikilla oli aseet käsissään. Meredith oli saanut viimeinkin kootuksi itsensä ja kääntyen Gabrieliin päin ojensi tälle kristallin. 'Nopeasti, juokse suuren tammen luokse. Puun juurella on salakäytävä, tunnistat paikan kahdesta toisiinsa nojaavista kivestä. Lausu siellä lujaan ääneen 'Paljasta itsesi!' ja osoita kristallilla puuta päin. Kulje käytävää pitkin, se on oikotie Itkuvuorille. Lopulta tulet pieneen huoneeseen jossa on iso peili. Iske peiliä tällä kristallilla niin löydät rakkaasi, joka on vankina peilissä. Vain tämä kristalli murtaa peilin lumouksen. No mene, mene nyt!', Meredith työnsi Gabrielin matkaan. Gabriel ei olisi halunnut jättää Galahadia pulaan. Hän kääntyi epäröiden ja näki kuinka Galahadin vastustaja oli muuttanut itsensä suunnattoman suureksi mustaksi karhuksi. Meredith hoputti Gabrielia kärsimättömänä. 'Hyvä luoja, mene nyt! Me pärjäämme, mutta sinun täytyy hakea Cirende.' Cirende. Se sana sytytti Gabrielin sydämen liekkeihin. Hän sulki kristallin tiukasti käteensä, kääntyi ja lähti juoksemaan suurta tammea kohti. Hän ei nähnyt kuinka Galahadin rinnalle riensi punaturkkinen kettu.

Suuri musta karhu päästi ilmoille vertahyytävän huudon joka aiheutti pelonsekaista tunnetta jopa velhon omissa miehissä. Galahad veti sotisopansa alta piilosta pienikokoisen veitsen. Dimitri tarttui oman veitsensä kahvaan ja yritti estää kättään tärisemästä. Metsäläiset lähtivät sotahuudoin juoksemaan Galahadia ja Dimitriä kohti mutta juuri sillä hetkellä maa avautui heidän edessään ja valtavat tulenlieskat nousivat korkeuksiin polttaen kaiken lähellään. Miehet perääntyivät peloissaan tietämättä kumpaa pelätä enemmän, tulta vai velhon vihaa. Meredith seisoi Galahadin ja Dimitrin edessä kädet ojennettuina ja hänen äänensä oli vakaa kuin kallio. Hänen voimansa oli nostattanut tulen heidän suojakseen. Karhu mulkoili heitä vihaisesti tulimuurin takaa. Juuri sillä hetkellä Gabriel ja Cirende saapuivat. Ilma oli täynnä mustaa savua ja nokea. Gabrielin katse kiersi aukion ja hän näki Galahadin ja Meredithin saarrettuna. Ja ihme kyllä myös Dimitri oli siellä. Miten tuima ilme pojalla olikaan! Gabriel ja Cirende riensivät toisten luokse. Galahad halasi tytärtään näyttäen sillä hetkellä maailman onnellisimmalta mieheltä.

Kaikki tapahtui silmänräpäyksessä. Karhu oli lopulta päässyt tulirenkaan läpi musta turkki savuten saarrettujen selustaan. Meredith seisoi edelleen lähellä kivipaasia, halliten tulta. Galahad seisoi vähän matkan päässä rinnallaan Cirende, joka näytti pelokkaalta. Gabriel ja Dimitri seisoivat heidän välissään. Gabriel huusi ja viittoili jotain toisille mutta ääntä tuskin kuului metelin ylitse. Karhu asteli vihan leimutessa sen tummissa silmissä kohti Meredithiä. Juuri silloin Gabriel näki sen. Ei ollut hetkeäkään hukattavaksi. Gabriel työnsi Dimitrin sivuun ja syöksähti kohti karhua muuttaen samalla muotoaan. Karhu oli noussut pystyyn ja Meredith huomasi sen liian myöhään ehtiäkseen kunnolla puolustautumaan. Karhun suuren mustan käpälän iskiessä, Meredith ehti nostaa vain kätensä kasvojensa eteen, jonka jälkeen hän huudahti kivusta kaatuen maahan. Gabriel syöksyi voimalla karhua vasten. Hetken aikaa susi ja karhu taistelivat vastakkain. Ilman täytti sekalainen äänten kuoro. Savu peitti kaiken sillä tuli oli sammunut Meredithin kaaduttua maahan. Cirende huusi Gabrielia, yrittäen juosta karhun ja suden väliin mutta Galahad työnsi tyttärensä Dimitrin luokse ja käski heitä piiloutumaan. Sitten Galahad hävisi. Kuului taistelun ääniä, johon sekoittui suden murahtelua ja karhun raivoa. Yhtäkkiä suuri harmaa susi hyppäsi savun keskeltä karhun selkään ja yllätti tämän täysin. Susi iski hampaansa karhun niskaan ja ilmoille kiiri kauhea tuskanhuuto, joka kantoi jopa Lehmuslaaksoon asti. Taistelu taukosi ja tuli hyvin hiljaista. Lopulta savu hälveni ja kivipaasia vasten nojasi suuri musta otus jonka turkki oli värjäytynyt verestä.

EI! Cirende seisoi kuin suolapatsaaksi muuttuneena, sekä hän että Dimitri katselivat epäuskoisena kuinka Cirenden ennenäky muuttui todeksi. Meredith makasi vähän matkan päässä maassa liikkumattomana. Kivien takaa asteli harmaa susi joka asteli varoen yhtä käpäläänsä. Musta susi seurasi sitä perässä. Cirende tunsi miten helpotus hyökyi hänen ylitseen kuin vesi huuhtoisi pelon pois. Cirende riensi mustan suden luo. Susi istuutui ja murahteli hellästi Cirenden silittäessä suden turkkia tarkistaen samalla löytyisikö mahdollisia vammoja. Harmaa susi oli kadonnut ja Galahad käveli ontuvaksi ihmeen ripeästi maassa makaavan Meredithin luokse. Dimitri riensi helpottuneena Cirenden ja Gabrielin luokse joka oli jo muuttunut takaisin omaksi itsekseen. Galahad kumartui Meredithin puoleen ja nosti hänet syliinsä. Naisen kultaiset hiukset olivat värjäytyneet verestä niskan seudulta. Galahad siirsi hiukset sivuun samalla tarkistaen olivatko Meredithin vammat kuinka vakavat. Gabriel, Cirende ja Dimitri tulivat lähemmäs ja Gabriel sanoi Cirendelle että kävisi etsimässä erästä parantavaa yrttiä. Cirende repi pukunsa helmasta kangasta ja kasteli sitä läheisessä purossa. Hän ojensi sen Galahadille joka kietoi viilentävän kankaan Meredithin pään ympärille. Gabriel palasi pian ja keitti yrttejä nuotiolla jonka Dimitri oli sillä välin onnistunut sytyttämään kytevistä oksista ja kuivista lehdistä. Galahadin onnistui juottaa parantavia yrttejä Meredithille ja Gabriel hieroi erästä salvaa naisen olkapäässä oleviin haavoihin jotka olivat tulleet karhun kynsistä. Meredith ei ollut ollut tarpeeksi nopea. Cirende oli peitellyt Meredithin omalla matkaviitallaan jossa oli lämmin vuori. Galahad manasi hiljaa mielessään ettei ollut ehtinyt ajoissa apuun. Jälleen hän oli epäonnistunut pelastamaan hänelle rakkaan ihmisen. Sama mies oli surmannut sekä vaimonsa että tyttärensä. Galahad puristi Meredithin elottomalta vaikuttavaa ruumista itseään vasten.

Muut istuivat vieressä syvän hiljaisuuden vallitessa, Cirende Gabrielin sylissä ja Dimitri tuijottaen Galahadia surkea ilme kasvoillaan. Metsäläiset olivat kadonneet. Tuli rätisi nuotiossa. Jossain puhkesi laulamaan satakieli. Sitä laulua ei oltu kuultu tuossa metsässä monen monituiseen vuoteen.

Silloin Meredith avasi silmänsä. Hän katsoi suoraan Galahadia silmiin ja miehen kasvoille levisi hymy. 'Meredith, anna minulle anteeksi. Minä epäonnistuin taas ja petin sinut toistamiseen.''Ei ole mitään anteeksi annettavaa, Galahad. Sinä olit ja olet aina ollut minulle kuin rakas. Minä tiedän että sinä olisit tehnyt kaikkesi pelastaaksesi äitini sekä minut.' Yhtäkkiä Meredithin kasvoja väänsti kipu ja tuskanhiki nousi hänen otsalleen. Meredith liikahti hieman ottaakseen paremman asennon. Galahad nosti hänet hyvin varovaisesti istumaan selkä kivipaasia vasten. 'Onko nyt parempi?', Galahad kysyi huolissaan. Toiset olivat hienotunteisesti siirtyneet hieman kauemmas heistä. Meredithin silmistä kuvastui kauan sitten unohdettu rakkaus ja hän sanoi; 'Galahad, tunnen että loppuni on lähellä. Isäni joutui viimeinkin tilille teoistaan. Minä saavutin sen mitä olin toivonutkin. Nyt minun täytyy jatkaa matkaani sinne, minne sinä et voi vielä tulla.' Meredith hengitti raskaasti ja sulki hetkeksi silmänsä. 'Älä jätä minua, Meredith!' Galahadin ääni särkyi. Gabriel tuli lähemmäs ja kysyi eikö mitään ollut tehtävissä. Galahad pudisteli päätään. 'Olen tehnyt kaiken voitavani.' Meredith avasi jälleen silmänsä katsoen Gabrieliin ja Cirendeen joka oli tullut miehensä rinnalle. 'Antakaa anteeksi, te kaksi. En ymmärtänyt miten väärin tein. Olin surusta sekaisin.' Meredithin tuntui olevan vaikea saada puhutuksi. Gabriel ja Cirende julistivat yhteen ääneen että he antavat hänelle anteeksi mutta haluaisivat pitää hänet luonaan vielä. Meredith kiitti heitä ja hymyili ensi kertaa niin onnelisen ja seesteisen näköisenä että Galahad muisti hänen kasvojensa ilmeen vielä kauan. 'Minä lähden nyt rauhassa, sydämeni ja sieluni puhdistuneena kaikesta vihasta.'

Meredith sulki silmänsä viimeisen kerran Galahadin pidellessä häntä sylissään. Puiden joukosta alkoi yhtäkkiä satakielten moniääninen laulu, joka oli hyvin surumielinen ja kaihoisa. Puiden lehdet alkoivat saada vihreää väriään takaisin, ja viimeisetkin savun rippeet ja pilvet hävisivät. Aurinko paistoi jälleen aukiolle. Hämäryys katosi metsästä ja puut näyttivät jälleen samalta kuin entisaikoina. Tuuli kuljetti suruviestiä puiden oksilla ja linnut vaikenivat. Synkkä metsä oli vapautunut lumouksestaan. Se oli jälleen vihreä ja valoisa, hyvä paikka elää.

Ja satakielet olivat palanneet. Se oli Meredithin viimeinen lahja heille.

Epilogi

Meredith haudattiin äitinsä vierelle ja heidän haudalleen pystytettiin yksinkertainen kivi, johon oli kaiverrettu; 'Elämässä ja kuolemassa, minä turvaan Kaiken Luojaan'. Kukat kukkivat runsain mitoin heidän viimeisellä leposijallaan. Sinne kuului vesiputouksen ääni, ja linnut viihtyivät sen paikan puiden oksilla. Ne lauloivat, muistaen niitä jotka olivat menneet.

Karhu, joka oli saanut surmansa, poltettiin sillä paikalla mihin se oli kaatunut. Sillä kohtaa ei enää kasvanut ruohoa eikä kukkia. Vain mustunut maa jäi jäljelle.

Metsä palasi entiseen loistoonsa, ja tämän jälkeen se tunnettiin nimellä 'Kultaisten Satakielten Metsänä', muistona Ariendestä ja Meredithistä. Haltiat kulkivat jälleen siellä, puiden alla ja rauhan aika palasi. Gabriel ja Cirende vihittiin keskikesän aikaan, sen jälkeen kun Monien Surujen Aukiolla oli ensin vietetty kolmipäiväinen juhla edesmenneiden kunniaksi. Jälleen kyyneleet virtasivat siellä, mutta surun jälkeen olivat olleet vuorossa ilon kyyneleet. Galahad nimitti Dimitrin vartiokaartinsa päälliköksi ja hän sai hienon asun ja kunnian asua haltiakuninkaan palatsissa, eikä Gabriel olisi voinut olla hänestä ylpeämpi. Gabriel ja Cirende jäivät asumaan Lehmuslaaksoon ja heille rakennettiin kaunis talo. Gabriel oli nimitetty Galahadin neuvoston jäseneksi. Cirende jatkoi äitinsä jalanjäljissä ja hänen puutarhansa kukoisti. Hän kasvatti paljon parantavia yrttejä. Hänelle ja Gabrielille syntyi poikalapsi, jolla oli yönmusta tukka ja siniset silmät. He antoivat lapselle nimeksi Galdor, joka tarkoitti 'Aamun toivoa'.

Harmaata sutta ei enää nähty. Sen sijaan metsissä juoksivat kilpaa musta susi ja punertavaturkkinen kettu. Heidän seurassaan nähtiin juoksevan vitivalkoinen susi jolla oli kirkkaan siniset silmät.

Vanha majakka

2000

Oli myöhäinen lokakuun ilta. Ajovalot valaisivat pimeää tietä, joka mutkitteli rannikon tuntumassa. Ajotiellä olevat katuvalot eivät palaneet, ne olivat joko pois päältä taikka sitten epäkunnossa. Oikealla puolen oli metsä ja vasemmalle päin avautui loiva rinne ja sen jälkeen näkyi meri. Olin kotimatkalla tulossa vanhempieni luota. Taivaalle kertyi tummanpuhuvia pilviä, ja käänsin autoradion päälle. Celine Dionin kappale 'All by myself' soi korkealta ja koirani, joka nukkui takapenkillä, nosti uteliaana päätään kun musiikki täytti hiljaisuuden autossa, mutta jatkoi sitten uniaan.

Huomaamattani yksinäinen kyynel valui poskelleni, ja pyyhin sen kämmensyrjällä sivuun. Ajattelin isääni, joka oli juuri täyttänyt 56-vuotta, ja se olikin syy miksi olimme juhlineet tänä viikonloppuna. Ajattelin myös sitä miten hän oli vaikuttanut väsyneeltä, ja silloin kun hän ei huomannut että näin, hän yski nenäliinaansa jotain punertavaa. Sitten hän kiireesti piilotti nenäliinan villatakkinsa taskuun. Äitini oli entisensä, oma pirteä itsensä. Hän lauloi keittiössä, ehkä hiukan liian kovaa ja kireällä äänellä kuulostaakseen aidosti iloiselta. Olin koettanut tiedustella äidiltäni, oliko isä aivan kunnossa, mutta juuri silloin veljeni tuli kantaen mahtavaa synttärikakkua, ja äitini välttyi vastaamiselta. Sen jälkeen hän tuntui joka kerta sivuuttavan kysymykseni. Äitini oli huono valehtelemaan, hänen elekielensä paljasti aina hänet. Korttia pelatessaankin äiti yleensä poistui ensimmäisenä pöydästä, muka loukkaantuneena ja tökkäisi aina isääni hellästi olkapäähän, hymyn kareillessa huulillaan.

Viikonloppu sujui muuten hyvissä tunnelmissa, niin kuin aina ennen vanhaan kun me vielä asuimme veljeni kanssa kotona. Nauru raikui jälleen talossa. Isäni ja äitini olivat onnellisia, sen verran minä tiesin. Aina kun he olivat hetken kahdestaan, näin miten äitini katsoi isääni ja toisinpäin. Minäkin toivoin salaa mielessäni, että löytäisin joskus jonkun joka katsoisi minua samalla hellyydellä ja rakkaudella. Siitä päästiinkin yksinäisyyteeni. Olin muuttanut läheiseen kaupunkiin opiskelemaan yläasteen jälkeen, toiveenani saada eläintenhoitajan paperit. Rakastin eläimiä koko sydämestäni, ja jo pienenä olin tuonut sisälle taloon kaikenkokoisia ja kaikenkarvaisia eläimiä, jotka tarvitsivat hoitoa. Ja joka kerta äitini oli katsonut minua kärsivällisesti, ja sanonut että voisin viedä eläimet pihalla olevaan vajaan, joka oli lämmitetty ja jossa olisi paljon tilaa hoivata niitä. Veljeni piti enemmän pelaamisesta tietokoneella, ja hän olikin opiskelemassa tietotekniikkaa.

Opiskelukämppäni oli pieni yksiö, jonka olin sisustanut parhaani mukaan. Mutta minulla ei ollut liiemmälti ystäviä, lähinnä äitini ja isäni kävivät kylässä kerran kuukaudessa, ja veljeni, tosin nykyään harvemmin, sillä hän oli saanut paljonkin ystäviä koulussa.

Eläimet tuntuivat olevan ainoa lohtuni. Olin tällä hetkellä kolmen kuukauden harjoittelussa koulun kautta eläinten suojakodissa, jonne tuotiin hylättyjä ja loukkaantuneita eläimiä. Kuukausi sitten sinne oli tuotu koira, jota oli hakattu pahasti. Koiran oli nähnyt eräs autoilija, joka oli kertonut sen nilkuttavan tien vieressä. Koira oli näyttänyt hyvin pieneltä ja yksinäiseltä. Sen turkki oli kermanvaalea ja joukossa oli valkoisia laikkuja, ja koiran korvat olivat pystyssä mutta kärjistä hieman lurpallaan alas päin. Koira oli sekarotuinen, emmekä tienneet varmasti kenen koira se oli, sillä emme olleet nähneet sitä ennen, eikä sitä oltu merkitty. Minun oli käynyt sääliksi koiraa, ja olin painiskellut omantuntoni kanssa kaksi viikkoa ennenkuin rohkaistuin ja ehdotin että voisin ottaa koiran itselleni hoitoon, jotta saisimme sen taas luottamaan ihmisiin. Koira nimittäin jostain syystä tuntui sietävän minua, mutta ei muita. Kokonaiset puolitoista viikkoa se piiloteli koppinsa nurkassa, ja antoi vain minun tulla lähelleen. Lopulta koira antoi minun silittää itseään, ja nuolaisi kättäni hyväksynnän merkiksi. Tunsin riemua, ja ylpeyttä kuin äiti joka näkee lapsensa oppivan jonkin uuden asian. Nyt koira oli ollut minulla hoidossa jo jonkin aikaa, ja me mahduimme yksiööni yllättävän hyvin. Olin antanut koiralle nimeksi Riley, koska se tuntui sopivan sille, ja se hyväksyi nimen oikopäätä. Otin Rileyn mukaan vierailulle sillä en raaskinut jättää sitä yksinään kotiin. Riley tuntui myös ilahduttavan erityisesti isääni.

Näissä mietteissäni havahduin yllättäen takaisin todellisuuteen kun Riley rupesi haukkumaan ja juuri samalla hetkellä kaikki valot autoni kojetaulussa rupesivat vilkkumaan, radio sammui ja käynnistyi yhä uudelleen ja uudelleen. Lisäksi tuulilasinpyyhkijät liikkuivat vinhaa vauhtia edestakaisin. Sitten kuulin kovan pamauksen ja autoni lähti heittelehtimään puolelta toiselle. Käänsin rattia rystyset valkoisina ja painoin jarrua. Riley haukkui hädissään takapenkillä. Autoni pysähtyi parin metrin päähän kaiteesta. Hetken ajan nojasin silmät suljettuina pääni rattia vasten. Tunsin kuinka alkava paniikkikohtaus teki tuloaan, käteni tärisivät ja hikoilivat, sydämeni hakkasi tuhatta ja sataa. Hengitys, muista hengitys, minä tokaisin päättäväisesti itselleni. Kymmenen pitkältä tuntuneen minuutin jälkeen tunsin rauhoittuneeni tarpeeksi noustakseni autosta tarkistamaan mahdolliset vahingot. 'Odota autossa, ' sanoin ja Riley laski kuuliaisesti päänsä käpäliensä väliin. Ulkona huomasin yllättäen, että katuvalot paloivat jälleen. No, se oli ainakin hyvä, ajattelin. Tie oli autio, vain pöllö huhuili jossain. Yksi eturenkaista, kuskin puoleinen, oli puhjennut. Sitten huomasin että myös toinen takarenkaista oli tyhjentynyt. Potkaisin vihoissani rengasta. Että pitikin sattua!, sadattelin itsekseni. Isäni oli kyllä opettanut minulle renkaan vaihdon, mutta tämä oli ensimmäinen kerta kun niin kävi. Tutkin auton takakontin, ja huomasin että minulla oli vain yksi vararengas. Otin kännykkäni esille ja valitsin numeron. Ei kenttää, puhelin herjasi. Siinä minä mietin kuumeisesti mitä tekisin, kun katseeni osui suureen, tummanpuhuvaan rakennukseen läheisellä kallioisella rannalla. Hetken päästä tajusin sen olevan vanha majakka, joka oli ilmeisesti aikaa sitten hylätty koska ylhäällä lampussa ei palanut valoa, ja majakka vaikutti muutenkin autiolta ja yksinäiseltä seistessään siinä uhmaamassa luonnonvoimia. Majakan vieressä oli talo, ja olin näkevinäni sen ikkunassa valonkajastuksen verhojen takana. Olin melko varma etten ollut nähnyt talossa valoja koskaan aikaisemmin tätä reittiä ajaessani. Hieroin silmiäni epäuskoisena. Kyllä, ikkunasta kajasti edelleen valo, vaikkakin heikko. Talolle johti pieni, melko kivikkoinen polku. Katsoin epätoivoissani autoani, ja sitten majakkaa. Jotenkin minusta tuntui, että minun olisi turvallista astella mökille kysymään apua tai että voisinko kenties soittaa sieltä

93

vanhemmilleni. Riley haukkui autossa ja raapi ikkunaa. Hymyilin rakkaalle ystävälleni, ja työnsin kännykän takaisin takkini taskuun. 'Hyvä on, hyvä on, pääset ulos', sanoin ja avasin oven Rileyn syöksähtäessä samaan aikaan ulos kuin raketti. 'Hei, odota vähän!', huusin koirani perään mutta se oli jo kadonnut polulle, joka vei majakalle päin. Laitoin autoni lukkoon ja nostin takkini kaulusta korkeammalle. Ilma tuntui kylmenneen. Merituuli puhalsi suolaisen maun huulilleni, ja tukkani oli auennut poninhännältä. Riley haukkui alempana polulla. Pyyhkäisin ruskean suortuvan kasvoiltani, ja hyppäsin kaiteen yli jatkaen matkaani kohti kodikkaan näköistä mökkiä majakan juurella merituulen valittaessa samaan aikaan sydäntäsärkevästi talon liepeillä.

Hetken aikaa käveltyäni Riley tuli minua vastaan iloisesti haukahdellen. Koirani hypähteli, ja heilutti tuuheaa häntäänsä. Se oli hyvä merkki, panin merkille, sillä koirat ovat tunnetusti hyvin herkkiä. Tunsin Rileyn, se olisi heti varoittanut mahdollisesta vaarasta. Työnsin käteni syvälle taskuihin, sillä tuuli oli muuttunut kylmäksi. Se ujelsi ja vaikersi. Täällä olisi hyvä kirjoittaa jännäri tai dekkari, omassa rauhassa. Olin vajonnut omiin ajatuksiini kun olin näkevinäni liikettä ikkunan verhojen takana. Seisahduin ovelle, Riley oli istuutunut vierelleni ja katseli minua uteliaasti mustilla nappisilmillään.

Keräsin hetken rohkeutta ja koputin. Hetkeen ei tapahtunut mitään, ja sitten kuulin askelia oven takaa ja kuulin miten avain kääntyi hitaasti lukossa. Oven avasi vanhannäköinen mies, hänen ikäänsä en osannut sanoa, sillä merituuli oli ahavoittanut hänen kasvonsa, jotka mitä ilmeisimmin olivat olleet nuorena kaunispiirteiset. Mies seisoi hieman kumarassa, hänen hopeaan vivahtava harmaa tukkansa ei ollut kampaa nähnytkään, yllään hänellä oli pitkät housut, risainen villapaita ja sadetakki. Kaikki vaatteet olivat väreiltään tummanruskeita, ja näyttivät aikansa eläneiltä. 'Anteeksi että häiritsen, mutta voisinko mahdollisesti soittaa jos teiltä löytyy puhelin? Kännykkäni ei löydä verkkoa ja autostani puhkesi kaksi rengasta, eikä minulla ole kuin yksi vararengas.' Vanha mies hymyili minulle melkein hampaatonta hymyään ja viittoili minua käymään sisälle. 'Kiitos', sain sanotuksi ja astuin kynnyksen yli. Siinä samassa Riley syöksähti sisälle ennekuin ehdin kysyä vanhukselta, saisiko koirani tulla myös. Mutta vanhus vain hymyili koiralle istuutuessaan keinutuoliin, ja rapsutti tätä korvan takaa ja jutteli tuskin kuuluvalla äänellä. Riley näytti ymmärtävän vanhusta, ja katseli tätä luottavaisin silmin. Mies piti selvästi koirista. Huomasin pitäväni vanhuksesta jo nyt. En voinut ymmärtää ihmisiä, jotka eivät pitäneet eläimistä, tai suorastaan inhosivat niitä. Huokaisin helpotuksesta, ilmeisesti melko kovaäänisesti, sillä vanhus käänsi katseensa minuun päin osoittaen huoneen toisella puolella olevaa lipastoa, jonka päällä oli sellainen vanhanaikainen puhelin, jossa numerot piti pyörittää yksitellen. Hymyilin vanhukselle, joka oli jälleen kääntänyt huomionsa takaisin koiraani. Riley nojasi päätään vanhuksen jalkaa vasten. Vanhus istui takan läheisyydessä, jossa paloi kodikas tuli. Tulikipunoiden leikkivä rätinä oli ainoa ääni joka rikkoi mökin hiljaisuuden, jos seinäkellon raksutusta ei otettu lukuun. Veivasin numeron, ja ikuisuudelta tuntuvan ajan jälkeen, kun olin jo melkein luopunut toivosta, isäni vastasi. Linja rätisi enkä meinannut saada sanoista selvää. Huusin puhelimeen, 'Isä, minä täällä! Autostani puhkesi kaksi rengasta vanhan majakan kohdalla, noin puolen tunnin matkan päässä teiltä. Minulla on vain yksi vararengas, pääsetkö apuun? Isä! Isä, oletko siellä?', linja kohisi, ja sain vain yksittäisistä sanoista selvää kunnes puhelu katkesi. Väänsin toisen numeron, mutta tällä kertaa kukaan ei vastannut. Veljeni on ilmeisesti ulkona. Laskin luurin paikoilleen, ja huokaisin hiljaa. Vanhus katsoi minua ystävällisesti ja sanoi äänellä, joka oli ihmeen kirkas hänen ikäänsä nähden, aivan kuin hän olisi puhunut neljäkymmentä vuotta nuoremmalla äänellä; 'Eikö onnistanut? Se johtuu tästä myrskystä. Voit odottaa täällä kunnes tuuli hiukan laantuu, ja kokeilla soittaa myöhemmin uudestaan. Istu hetkeksi alas, voisin keittää meille vaikka kahvit'. Hymy muutti vanhuksen kasvot, ja hetken ajan hänen kasvonpiirteensä näyttivät minusta hyvin tutuilta. Seisoin siinä osaamatta sanoa mitään. Vanhus nousi keinutuolista ja Riley seurasi perässä. Hän käveli lipaston luokse, avasi sen ylimmän laatikon ja otti sieltä esiin vanhan valokuva-albumin. 'Vai juotko mieluummin teetä?', vanhus kysyi. Heräsin kuin valveunesta ja vastasin kiireesti, 'Kahvi kelpaa hyvin, kiitos'.

Keitettyään erittäin vahvaa kahvia vanhus palasi takaisin istuen keinutuoliin. Minä istui kuluneelle nojatuolille, joka oli lähellä takkaa. Jälleen vanhus puhui, ja hänen äänensä vangitsi täysin huomioni. 'Meitä ei ole vielä esitelty. Minun nimeni on Arn, kenen kanssa minun on kunnia puhua?', vanhus katsoi minua hymyillen. Minusta tuntui kuin olisin tuntenut Arnin jostakin ennestään, ja vastasin epäröimättä, 'Minun nimeni on Adele'. Vanhus näytti mietteliäältä, ja yhtäkkiä hänen kasvojaan valaisi kuin sisäinen hehku. Minä tunsin suurta kunnioitusta häntä kohtaan. 'Adele, kyllä, minä tunsin kerran erään neidon sillä nimellä. Jalo neito hän oli tosiaan, nimensä veroinen'. Tunsin miten poskiani kuumotti. Ajattelin jo kysyä, kuka tämä kaimani oli, mutta Arn näytti vaipuneen mietteisiinsä enkä jostain syystä halunnut rikkoa välillämme vallitsevaa hiljaisuutta.

Vanhus keinui hiljaa itsekseen, ja Riley makasi lattialla keinutuolin vieressä. Kuulosti siltä että koirani nukkui. 'Minäpä kerron sinulle erään tarinan, tästä majakasta nimittäin. Majakka on paljon minua vanhempi, ja minä olen ainoa joka vielä muistaa ne ajat, kun majakanvartijan askeleet vielä kaikuivat näissä portaissa'. Vanhus oli uppoutunut muistoihinsa. Minä kuuntelin keskittyen hänen sanoihinsa, jotka loihtivat silmieni eteen kuvia menneisyydestä.

1956

Arn oli ollut vain kahdenkymmenen, kun hänestä tuli majakanvartija. Hänen oma isänsä oli itse toiminut majakanvartijana sitä ennen monen monta pitkää vuotta. Isältään Arn oli oppinut kaiken oppimisen arvoisen merestä, ja laivoista. Arn oppi miten tärkeää oli vahtia ettei valo päässyt sammumaan majakan korkeimmalla huipulla. Jo viiden vanhana Arn oli päässyt isänsä mukaan ensimmäisen kerran. Isä oli nostanut hänet olkapäilleen, jolloin äiti oli jäänyt vilkuttamaan kotitalon aukinaisen oven luokse, öljylampun luodessa varjoja hänen tummille hiuksilleen jotka oli kammattu löyhästi ylös nutturalle. Arn kertoi isänsä olleen iso ja vahvarakenteinen, kuin iso karhu. Mutta hänen sydämensä oli ollut kultaa ja usein hän olikin viihdyttänyt kylän muita lapsia silloin kun he olivat käyneet läheisessä kalastajakylässä ostamassa tarvikkeita. Arn muisti isänsä naurun, joka oli syntynyt syvältä hänen kurkustaan, ja miten isän koko vartalo oli hytkynyt nauramisesta. Mutta eräänä iltana, viikko siitä kun Arn oli täyttänyt kaksikymmentä, oli puhjennut pahin myrsky miesmuistiin. Arn muisti kuinka isä oli silloin lähtenyt tavanomaisesti töihinsä, suukottanut vaimoaan poskelle hellästi ja miten Arn olisi tahtonut lähteä hänen mukaansa, niinkuin tavallisesti. Mutta sillä kertaa isä oli sanonut että Arnin olisi viisainta pysytellä äitinsä luona. Arn oli katsellut ikkunasta isän vahvapiirteistä selkää, ja tämän keltainen sadetakki oli loistanut pimenevässä illassa kuin majakan valo. Tuuli oli ujeltanut talon nurkissa. Arn oli nukahtanut tuolille luettuaan kirjaa, kun hän oli yhtäkkiä herännyt salaman kirkkaaseen valoon, joka oli valaissut huoneen kuin keskipäivällä. Sitä seurasi miltein välittömästi ukkosen jyrähdys, joka tuntui tulevan suoraan yläpuolelta. Koko talo oli tärissyt ja ikkunaruudut helisseet paikoillaan. Arn oli painanut kätensä korvilleen, kunnes ukkosen jylinä oli hellittänyt. Sen jälkeen oli tullut hiljaista. Hyvin hiljaista. Arn oli huomannut tulen takassa sammuneen. Hän oli kohentanut hiillosta ja pian räiskyvä tuli oli valaissut jälleen pimeätä huonetta. Arnin äiti oli rientänyt paikalle juuri kun Arn oli ollut pukemassa sadetakkia ylleensä. Äiti oli ollut hädissään mutta Arn oli lohduttanut häntä. Arn ei ollut muistanut koskaan ennen nähneensä äitinsä kasvoilla niin pelästynyttä ilmettä kuin silloin. Olivathan he selvinneet monista myrkyistä aiemminkin. Mutta äiti oli toistellut lausetta, joka oli kylmännyt Arnin sisintä. 'Benjamin, Benjamin on kadonnut! Meri on vienyt hänet, meri on vienyt hänet!', Arn oli istuttanut äitinsä takkatulen ääreen tuolille, ja kysynyt miksi äiti oli uskonut isän kadonneen. Äidin kasvot olivat olleet vitivalkoiset, ja hänen harmaissa silmissään oli ollut lasittunut katse. Hetken ajan äiti ei ollut tuntunut huomaavan poikaansa, ja hänen katseensa oli etsiytynyt koko ajan läheiseen ikkunaan. Ikkuna antoi merelle päin, majakan tumman hahmon piirtyessä esille pimeyden keskeltä. 'Äiti, äiti! Minä tässä. Lähden etsimään isää, älä ole yhtään huolissasi. Palaan pian.' Arn oli halannut ja suukottanut äitiään otsalle, mutta äiti oli tuntunut edelleen kuin kylmänkangistamalta. Arnin ehtiessä ovelle äiti oli kääntänyt katseensa poikaansa, ja oli tuntunut kuin heräävän hetkeksi horroksestaan. 'Muista varmistaa että majakan valo palaa, poikani,' hän oli sanonut. Arn oli luvannut tehdä tämän. Tämän jälkeen Arnin äiti oli ottanut virkkaustyönsä esille, mutta jäänyt kesken kaiken katselemaan ikkunasta ulos mietteissään. Äidin hahmo oli näyttänyt yksinäiseltä. Hänen tummat hiuksensa olivat olleet auki, ja ylsivät yötakin vyötäisille asti. Arn oli luvannut vielä palata pian ja sulkenut oven jälkeensä.

Arn kiirehti majakalle. Meri oli tumma ja aallot hurjat. Ne ylsivät korkealle rannalle, ja Arn näki kuinka rannassa ajelehti kaikenlaista rojua, osa ilmeisesti mereltä päin ajelehtineita ja osa rannalta mereen huuhtoituneita. Arn kulki polkua, joka mutkitteli kivikossa rannan tuntumassa nousten loivasti ylöspäin. Kivet olivat märkinä liukkaita, ja monta kertaa hänen oli otettava tukea läheisistä puista, jotka olivat jatkuvan merituulen piiskaamina taipuneet sivulle päin. Silti ne eivät kaatuneet, vaan uhmasivat merta ja tuulta. Mutta nyt, takertuessaan erääseen nuoreen puuhun, Arn tunsi tuulenpuuskan paiskaavan hänet puuta vasten, joka natisi ja lopulta antoi periksi kaatuen juuriltaan. Arn tarrasi kivikkoon ja melkein paiskautui tuulen voimasta alas aaltoihin synkän meren raivotessa. Arn sulki silmänsä, ja pyysi suojelusta korkeammalta taholta. Hänen sormensa lipesivät moneen otteeseen, mutta lopulta hän sai pitävän otteen toisen puun juurista, jotka pistivät osittain esiin kivien välistä. Vaivalloisesti Arn pääsi ylös takaisin polulle. Hetken aikaa hän joutui vetämään henkeä maaten selällään maassa. Sade piiskasi hänen kasvojansa, ja hän huomasi jotain lämmintä valuvan poskeaan pitkin. Arn oli loukannut päänsä kaatuessaan, ja noustessaan ylös häntä pyörrytti.

Sillä hetkellä salama iski jälleen, ja sokaiseva valo ja sitä seurannut kumeva jylinä, joka tuntui heijastuvan kallioista tuhatkertaisena kaikuna, miltein kaatoivat Arn jälleen maahan. Kuului vertahyytävä huuto, jonka Arn ensin sekoitti tuulen raivokkaaseen ääneen. Arn kuulosteli hetken aikaa korvat tarkkoina, ja äkkiä hän kuuli uuden äänen, kuin puoli metsää olisi kaatunut ja lisäksi äitinsä hätääntyneen huudon tuulen ujelluksen seasta. Arn pinkaisi juoksuun ja saavuttuaan perille hän näki valtavan puun kaatuneen keskelle taloa. Koko katto ja puolet talosta oli murskana. Myös huone jossa takka sijaitsi ja jonne Arnin äiti oli jäänyt odottamaan.

Arn tunsi kuinka huuto takertui hänen kurkkuunsa, ja maa tuntui pettävän hänen jalkojensa alta. Arn antoi ylen läheiseen pusikkoon ja hänen olonsa oli sekava. Hän hoiperteli mitään näkemättä puunpalasten, lasin ja posliinin sirpaleiden ylitse. Kun hänen näkökenttänsä tarkentui, hän huomasi mustuneen takan pistävän esiin puunrungon takaa. Kuin unissakävelijä Arn asteli hitaasti takan luo, jokaisen askeleen tuottaessa suurta tuskaa hänen sydämessään. Se mitä hän näki, jäi lähtemättömästi Arnin mielen syvyyksiin. Tuolin, joka oli hajonnut tuhansiksi palasiksi ja äitinsä vääntyneen ruumiin kaatuneen puunrungon alla. Äidin koko alaruumis oli murskautunut. Arn kumartui ja nosti hellästi äitinsä pään syliinsä. Hän silitti äidin hiussuortuvia, jotka olivat muuttuneet osittain tummaksi, veriseksi möykyksi. Yhtäkkiä Lily avasi silmänsä ja hänen katseensa harhaili kunnes pysähtyi poikansa kasvoihin.'Ben, sinäkö se olet?' Lilyn ääni oli tuskin kuiskausta kovempi. Arn hymyili heikosti ja suuteli äitinsä otsaa, joka tuntui kylmännihkeältä. 'Äiti, minä se olen. Anna anteeksi, etten kyennyt pelastamaan sinua'. Kuumat kyyneleet valuivat Arnin poskille, jotka olivat naarmuilla. Lily nosti kätensä ja silitti poikansa poskea hellästi. Arn otti äidin kädestä kiinni ja painoi sen poskeaan vasten. 'Ben, ihanaa että löysin sinut.' Lilyn katse harhaili, ja välillä hän näytti katselevan Arnin selän taakse. Lily hymyili jälleen, nyt katsoen jälleen suoraan Arnia silmiin. 'Rakas poikani, rakas pieni Arn.' Sitten Lily sulki silmänsä viimeisen kerran, ja äidin käsi muuttui veltoksi Arnin käsien välissä. Aika tuntui pysähtyneen, ja tuska hiipi Arnin sydämeen, kunnes hän lopulta laski äitinsä elottoman käden varovaisesti tämän rinnalle. Medaljonki jonka Benjamin oli antanut vaimolleen heidän kihlautuessaan, roikkui Lilyn kaulasta, osittain värjäytyneenä vereen. Arn pyyhki medaljongin puhtaaksi ja sulki sen äitinsä kämmenen sisään ja puristi käden nyrkkiin.

Siinä Arn istui, eikä hän muistanut jälkikäteen miten paljon aikaa kului, kunnes nouseva aurinko värjäsi tyyntyneen taivaanrannan. Meri oli rauhoittunut, ja vain kevyt tuulenvire kävi yli nummien.

Tuli hiljaista. Vain palavat puut rätisivät takassa. Istuin hiljaa sohvalla, kyynelten valuessa poskilleni. Vanhus istui nojatuolissa ja tämän kasvot näyttivät entistä vanhemmilta. Riley nosti päätään, nousi ja laski kuononsa vanhuksen polvelle. Vanhus silitti hajamielisenä koiraani korvien takaa. 'Hautasin äitini sille paikalle, missä talomme rauniot ovat nykyisin. Pystytin kiven vanhempieni muistoksi, sillä en koskaan saanut tietää mitä isälleni tapahtui sinä yönä. Hän katosi, ja monet uskoivat että aallot pyyhkäisivät hänet syvyyksiin ja että hän hukkui. Mutta ruumista ei koskaan löydetty, eikä meri luovuta omaansa helpolla.' Vanhuksen ääni murtui ja hetken ajan minä istuin tätä kaikkea miettimässä. Tuli alkoi heikentyä takassa. Vanhuksen pää oli notkahtanut alas ja hänen leukansa oli rintaa vasten. Nousin ylös ja tarkistin että vanhus hengitti vielä. Hän oli nukahtanut. Kohensin tulta ja Riley tuli hieromaan kuonoaan olkaani vasten. Kello raksutti hiljaisuudessa. Aika tuntui kadottaneen merkityksensä.

En tiedä kuinka kauan istuin takkatulen ääressä, kun vanhus yhtäkkiä havahtui hereille. 'Taisin torkahtaa', hän sanoi hymyillen. 'Suonet anteeksi mutta minun täytyy käydä hakemassa puita ulkovarastosta'. Nousin ylös kiireesti ja lupasin hakea ne vanhuksen puolesta. Ulos astuessani huomasin tuulen voimistuneen, ja meri oli rauhaton. Kannoin sylintäydeltä puita sisälle, ja toin vielä toisen samanlaisen kantamuksen. Vanhus kiitti minua ja pyysi minua jälleen istuutumaan. 'Kerro minulle Adelesta, ole niin kiltti', pyysin vanhukselta. Arn hymyili ja katsoi minua silmät tuikkien iloisesti. 'Niin, Adele, hän oli lahja mereltä. Hän ilmestyi ikään kuin hyvityksenä isäni ja äitini menetyksestä', Arn puheli hiljakseen ja kuulin miten ulkona aallokko huokaili hiljaa, lyöden yhä uudelleen ja uudelleen rantakivikkoon. 'Siis, hän oli tuota...lahja mereltä?' Katselin kysyvä ilme kasvoillani vanhusta joka vastasi kysymykseeni vain hymyillen salaperäisesti, ja jatkoi tarinaansa.

1966

Kymmenen pitkää vuotta oli kulunut siitä kun Arn oli laskenut äitinsä haudan lepoon, mutta Benjamin ei nukkunut rakkaan vaimonsa vierellä, sillä hänet oli meri vienyt eikä kukaan tiennyt minne. Arn pyhitti kotinsa rauniot heidän muistokseen, jotka kertoivat "elämän katoavaisuudesta". Kun joku kyläläisistä kysyi kerran, miksi Arn ei rakentanut uudelleen taloa entisen kotinsa paikalle, oli Arn katsonut tätä ja tokaissut 'ettei hän aikonut häiritä kuolleita'. Sen jälkeen kukaan ei enää maininnut asiasta hänelle, mutta jotkut kalastajakylän vanhoista eukoista tiesivät että raunioilla vaelsi levoton sielu, joka ei saanut rauhaa. 'Lily se siellä kummittelee, usko pois poika. Voin lyödä siitä vaikka vetoa! Lily ei saa rauhaa sillä meri vei hänen miehensä', näin kertoi eräs eukoista apupojalle joka kuunteli eukon puheita silmät suurina. Poika oli päättänyt käydä siellä, sillä hänen kaverinsa olivat sanoneet ettei hän uskaltaisi, mutta hänpä oli päättänyt näyttää ettei ollut pelkuri! Päästyään perille hän huomasi polun metsittyneen pahasti. Siellä ruoho kasvoi korkeana ja villiruusut kukkivat raunioilla. Myöhemmin poika palasi kotiinsa silminnähden järkyttyneenä ja yltäpäältä naarmuilla kaaduttuaan kivikossa. Äitinsä koettaessaan kysellä tältä mitä oli sattunut, poika oli vain hokenut 'Valkea rouva, minä näin hänet! Minä näin hänet!', ja sen jälkeen hän lyyhistyi maahan tiedottomana. Poika nukkui kaksi vuorokautta yhteen menoon mutta parani täysin. 'Oli se hyvä ettei poika saanut keuhkokuumetta', äitinsä oli sanonut toisten kysellessä pojan vointia. 'Mutta sen minä sanon etten astu jalallanikaan siihen paikkaan!'

1967

Arn asui ensiksi teltassa kunnes sai rakennettua pienen mökin majakan yhteyteen. Siitä tuli oikein sievä ja mukava asuinpaikka, ja iltaisin Arn istui takkatulen ääressä poltellen piippua ja kuunnellen meren ääniä. Mutta päivät pitenivät varjojen lailla ja vuodet tuntuivat kokonaiselta ihmisiältä. Arn tunsi itsensä hyvin yksinäiseksi, vaikka sepän tytär kyliltä oli käynyt auttamassa kodinhoidossa jo vuoden verran joka viikko, ja hänestä oli paljon seuraa silloin kun hän oli paikalla. Tyttö leipoi ja luuttusi. Lisäksi hän pesi pyykkiä. Arn mieltyi ajan mukaan tyttöön joka oli ahkera ja uuttera. Tumma palmikko oli sidottu nutturaksi ja sininen mekko ja valkoinen esiliina pukivat häntä paremmin kuin kalliit vaatteet. Arn katseli usein tytön touhuamista ja mietti itsekseen että siitä hän saisi oivan vaimon itselleen. Olihan hän jo kolmenkymmenenyhden! Arn muisti nähneensä tytön nuorempana joka kuukausittaisella käynneillään kylällä isänsä ja äitinsä kanssa. Tämä oli ollut sievä jo lapsena, ja osasi käytellä vasaraa ja alasinta kuin paraskin mies. Metalli taipui hänen kätevissä käsissään mitä kauneimpiin muotoihin. Silloin kun he olivat vierailleet sepän luona tämän vaimo antoi heille aina keittoa syötäväksi ja se jos mikä oli herkullista sillä turhaan ei kehuttu Lizziä mestarikokiksi! Heidän tyttärensä oli Arnia kymmenen vuotta nuorempi ja aluksi ujosteli poikaa, jonka valloittava hymy häkellytti häntä nuoruusvuosinaan ja kun tyttö saavutti täysi-ikäisyyden, rakkaus hiipi kuin varkain hänen sydämeensä. Häntä viehätti Arnin vaaleat hiukset jotka olivat kuin sädekehä tämän pään päällä ja tummat, miltein mustat silmät jotka muistuttivat ahjon hiiliä. Silti miehen silmien ilme oli ystävällinen, ja usein hyvin surullinen. Kymmenen vuotta Arn asui yksinään mökissään ja tyttö mietti usein häntä, ja öisin ajatukset valvottivat häntä. Hän ei voinut unohtaa poikaa, jonka säteilevä hymy oli tuntunut niin lämpöiseltä ja sitä miten poika oli aina tuonut hänelle pieniä tuliaisia käydessään. Arn osasi veistellä puusta kaikenlaista, ja tytön ikkunalauta oli ollut täynnä pieniä eläin- ja ihmishahmoja sekä mitä mielikuvituksellisimpia taruolentoja.

Eräänä päivänä tyttö oli sanonut äidilleen; 'Arn on ihan yksin siellä mökissään, luuletko että voisin kysyä häneltä tarvitsisiko hän apua talonhoidossa?'. Tähän äiti oli sanonut; 'Tyttö rakas, sinä taidat pitää hänestä todella?' Punastuen kauttaaltaan tyttö oli nyökännyt. Hänen äitinsä jatkoi; 'Kannattaahan sitä kokeilla. Mutta epäilen että siitä pojasta koituu sinulle vain harmia, tyttö rakas. Hänellä on meri verissä, ja siihen väliin on naisen, saati sitten vaimon vaikea päästä'. Tähän tytär vastasi uhmakkaana; 'Mutta äiti! Minä rakastan häntä, ja se on ainoa varma asia tässä maailmassa. Jos hän ei huoli minua, niin aion joka tapauksessa pitää hänestä huolta vaikka sitten vanhanapiikana hänen oman talonsa nurkissa!'

Tytön siniset silmät näyttivät vakavilta ja hänen huulensa olivat puristuneet tiukaksi viivaksi. Äitinsä jatkoi kutomista ja huokaisi syvään. 'Tiedänhän minä sen, tyttöseni. Ja toivon totisesti ettet särje sydäntäsi tässä asiassa'. Sitten hän jatkoi hymyillen hellästi. 'Muistutat ihan minua silloin kun päätin mennä isäsi kanssa naimisiin'. Seuraavan kerran Arnin kohdatessaan Isabelle, tuttavallisemmin Belle, pyysi päästä pitämään seuraa Arnille. Tämän sanoessaan Belle punastui tukanjuuriaan myöten tajutessaan minkä vihjauksen pyyntö sisälsi. Arn katseli hymyillen Belleä, joka seisoi nuorena ja raikkaana hänen edessään ja suorastaan pyysi päästä hänelle seuraksi. Arn vastasi hymyillen ilkikurisesti; 'Sisältyykö tähän mahdollisesti seura iltaisin takkatulen ääressä kahdestaan ja ehkäpä jopa sängynlämmike?' Belle tunsi miltein pyörtyvänsä ja Arn joutui tarttumaan tytön käsivarteen ettei tämä kaatuisi. 'No älä nyt leikistä pyörry!' Arn tokaisi hätäisenä ja hänen kasvonsa kalpesivat. Belle nojasi hänen olkapäähänsä ja pyyhki yksinäisen kyyneleen poskeltaan. 'Tarkoitin että voisin auttaa sinua kodinhoidossa, leipomisessa ja pyykkäämisessä esimerkiksi', Belle sanoi. Arn hymyili tytölle. 'Totta kai, voisit myös istua hetkeksi seurakseni ja jutella kanssani. Olen alkanut höpistä itsekseni'. Arn naurahti niin että hänen tummat silmänsä tuikkivat. Belle katsoi noihin silmiin ja näki miten syvän tummanruskeat ne itseasiassa olivat. Ilkikurinen pilke oli palannut Arnin silmiin ja syvät hymykuopat poskille. Belle nyökkäsi ja Arn nosti tytön pystyyn ja sipaisi hellästi kämmensyrjällään tytön poskelta kuivuneen kyyneleen. 'Se on sitten sovittu'. Arn vaikeni hetkeksi, ja katseli takkatuleen palaten nykyhetkeen. Pysyin vaiti sillä aavistin ettei hän ollut vielä päässyt tarinansa loppuun. 'Elämän kulku osaa olla joskus hassu, ensin menettää kaiken mitä on ja sitten elämä antaakin takaisin runsain mitoin'. Arn tuntui puhuvan jälleen enemmän itsekseen kuin minulle. 'Menimme naimisiin, siis minä ja Belle, kaksi vuotta sen jälkeen kun Belle oli tullut taloon apulaiseksi. Sitten hän tuli taloon emäntänä'. Arn hymyili leikkisästi ja minä nyökkäsin hänelle. Riley oli asettunut vaihteeksi viereeni sohvalle, ja minä rapsuttelin hajamielisenä koirani korvantaustaa mutta Rileyn mustat nappisilmät katselivat koko ajan vanhusta kohti. 'Entä mitä sitten tapahtui?', kysyin tuskin pystyen piilottamaan uteliaisuuttani.

Arn jatkoi, 'Olimme naimisissa kaksikymmentäviisi vuotta, minä ja Belle. Asuimme kahdestaan ja olimme hyvin onnellisia vaikka Belle tuntuikin ottavan kovin raskaasti sen ettemme voineet saada lapsia. Minä sanoin ettei sillä ollut merkitystä, olihan meillä toisemme. No Belle oli Belle, ja hän suuntasi sitten tarmonsa eläimiin joita meillä oli, lehmä, pari lammasta ja useampi kana. Hankimme jopa koiranpennun ja sitä eläintä Belle rakasti kuin lasta ikään'. Arn katsoi Rileyta ja hymyili. 'Koirasi muistuttaa kovasti rakasta Eornia, meidän koiraamme. Eorn oli hyvä seurakoira, ja vielä parempi lammaskoira. Asiat olivat mallillaan ja Belle rakkaani unohti miltein surunsa siitä ettei meille suotu lasta. Eritoten poikaa. Kun sitten eräänä päivänä Eorn katosi eikä sitä kuulunut iltaruualle, Belle huolestui toden teolla. Löysimme koiramme illansuussa kallionkielekkeeltä jonne Eorn oli pudonnut ilmeisesti lähdettyään jahtaamaan kaneja, sillä se oli koiramme mielipuuhaa. Ei Eorn koskaan saanut kania kiinni, tai luulen että se päästi ne tahallaan karkuun. Koiramme oli mitä lempeäluontoisin eläin. Mutta Eorn oli loukkaantunut pahasti ja kuoli pian sen jälkeen kun pääsimme takaisin kotiin. Minä kannoin Eornia koko matkan, ja tässä takkatulen ääressä, lempipaikallaan Eorn nukkui pois kahden vuorokauden jälkeen vaikka minä ja Belle hoidimme häntä parhaamme mukaan. Eläinlääkärikin kävi katsomassa Eornia mutta hänkään ei pystynyt tekemään ihmeitä. Koiramme oli saanut pahoja sisäisiä vammoja pudotessaan. Onneksi Eorn ei pudonnut mereen, sillä silloin emme olisi voineet haudata koiraamme. Sillä meri ottaa aina omansa. Ja Belle, rakas Belleni ei toipunut koskaan tapahtuneesta'.

Pyyhin vaivihkaa kyyneleitä ja niistin nenääni taskusta löytyneelle nenäliinalle. Vanhus näytti kumartuneen entistä enemmän kasaan ja tämän uurteisilla poskilla välkehtivät kyyneleet. Riley nousi ja asettui jälleen vanhuksen viereen ja laski kuononsa tämän polville. Arn silitti koiraani ja sanoi, 'Sinulla on tässä hyvä ystävä, sillä koirat eivät koskaan unohda'. Riley oli sulkenut silmänsä ja tuntui hymyilevän. Arn nosti katseensa minuun. 'Takkatuli on päässyt miltein sammumaan, voisitko kohentaa tulta ja laittaa muutaman puun lisää?' Nyökkäsin ja nousin toimittamaan vanhuksen pyyntöä. Sen jälkeen Arn jatkoi jälleen kertomustaan, joka tuntui saaneen minut jo täysin valtaansa. 'Kaksitoista vuotta siitä kun olimme menneet naimisiin, Adele saapui.' Tuli tanssahteli ja loi varjoja vanhuksen kasvoille. Kumarruin hiukan eteenpäin koska vanhuksen mainitseman nimi kuulosti kuin ääneenlausutulta taikasanalta, joka vangitsi täysin huomioni.

1981

Myöhäinen elokuun päivä oli jo painumassa mailleen, kun Arn kävi tavanomaisella tarkastuskierroksellaan majakalla. Arn oli jo kääntymäisillään takaisin kotiinpäin kun yhtäkkiä jokin kiinnitti hänen huomionsa merellä. Yksinäinen pieni pursi seilasi aallokossa, ilman auroja ja purjetta. Arn pinkaisi juoksuun sillä vene lähestyi teräväreunaisia kiviä, jotka voisivat murtaa veneen pohjaan reiän. Silloin se ei pysyisi enää kauan pinnalla. Mutta Arnin hämmästykseksi pieni vene sukelsi taidokkaasti kivien lomitse ja pysähtyi rantahietikkoon juuri kun Arn pääsi sen luokse. Kauhukseen hän huomasi veneen pohjalla makaavan ihmishahmon. Tyttö makasi liikkumatta tummansinisellä kankaalla joka oli vuorattu merilevillä. Tytön ympärillä oli monia erilaisia näkinkenkiä ja simpukoita, huolellisesti aseteltuina. Mutta tytön hiukset olivat hyvin erikoisenväriset, sillä ne muistuttivat akvamariinia väriltään. Laskevan auringon osuessa tytön hiuksiin ne hehkuivat sinivihreinä. Tyttö oli puettu siniseen mekkoon, joka oli tosin vaaleamman sävyistä kuin kangas jolle hänet oli laskettu makaamaan. Arn oli ihmeissään, ja oli niin uppoutunut ihmettelemään tytön puvun erikoisenhienoa kangasmateriaalia sekä taidokkaita helmikoristekuvioita, että kun tyttö avasi silmänsä ja katsoi häneen, Arn melkein kaatui selälleen hiekalle, niin yllättänyt hän oli. Tytöllä oli syvänsiniset silmät, pitkät ripset ja ruusuposket. 'Oletteko kunnossa? Näin miten veneenne oli joutunut tuuliajolle. Onneksi vältitte kivet, sillä silloin minun olisi pitänyt pelastaa teidät hukkumiselta. Virta saattaa olla yllättävän voimakas.' Tyttö puhui ihmeen heleällä äänellä. 'Kiitos sinulle, minusta tuntuu että olen eksynyt. En muista miten kauan olen ollut tuuliajolla, enkä sitä mistä tulen, mutta nimeni minä sentään muistan. Se on Adele.' Arn hymyili. 'Kaunis nimi', hän vastasi. Arn vei Adelen kotiinsa, ja Belle joka oli aina yhtä avulias, rupesi heti järjestelemään pientä vierashuonetta kuntoon haaksirikkoiselle. Alunperin se oli tarkoitettu lastenhuoneeksi, mutta nyt sille tuli muuta käyttöä. Adele tahtoi ehdottomasti olla heille avuksi, ja hän olikin hyvin neuvokas kotitöissä. Adele auttoi Belleä kotitöissä, ja heistä kolmesta tuli oikein hyviä ystäviä. Adelen ompelemat verhot keräsivät ansaittua huomiota. Kaikissa käsitöissään hän kuvasi aina merta, joka oli lähellä hänen sydäntään. 'Belle piti Adelea kuin omana sisarenaan. Minä taas pidin Adelen huumorintajusta, ja nokkelista tarinoista joita hän kertoi meille iltaisin. Me kolme olimme hyvin onnellisia yhdessä. Ehkä me olimme jotenkin alitajuntaisesti toivoneet seuraa, minä ja Belle, sillä talvisin kun päivät painuivat mailleen ja hämärä laskeutui, Adele kertoi tarinoitaan samanlaisen takkatulen äärellä. Hän istui aina lattialla, kirkkain värein kuvioidulla matolla, polvet koukussa ja hameenhelma vedettynä jalkojensa alle. Sillä Adele rakasti mekkoja, hän teki omat vaatteensakin, ja Belle ja Adele ostivat aina vuosittain kankaat kaupungista.'

Vanhus hiljentyi. Hän nosti katseensa minuun, ja hetken

ajan hänen kyynelistä sumentuneet silmänsä kirkastuivat jälleen, aivan kuten sateen jälkeen taivas selkiytyy, ja ne silmät katsoivat minuun täynnä viisautta ja kaipuuta. Sen jälkeen vanhuksen pää painui alas ja hän puhui tuskin kuuluvalla äänellä; 'Mutta nyt minä olen jo vanha, liian vanha kestämään sydänsuruja. Ensin lähtivät vanhempani, sen jälkeen rakas koirani, Eorn, ja oltuamme kaksikymmentäviisivuotta naimisissa, myös rakas Belle lähti ja jätti minut. Hän kuoli särkyneeseen sydämeen, siitä olen varma. Sillä kerran Belle tuli luokseni silmät loistaen. 'Arn, minulla on kerrottavaa. Erään naapurimme tytär on raskaana, ja hänen tilanteensa on huono sillä mies joka hänet siihen tilaan saattoi, kuoli pian uutisen jälkeen jäätyään traagisesti hevosrattaiden alle. Hevonen oli pillastunut, ja päässyt karkuun. Mitään ei ollut tehtävissä. Mutta tämä tyttö, jonka perheen minä muuten tunnen hyvin, tuli luokseni ja pyysi että voisi asua meillä kunnes lapsi syntyy. Hän sanoi että hänellä ei ole rahaa, ja koska lapsen isä kuoli, hänellä on huonot tulevaisuuden näkymät ja heidän perheellään on muutenkin liikaa suita ruokittavana, joten hän ajatteli että me voisimme adoptoida lapsen. Minä olin ensin sitä vastaan, siis adoptointia, sanoin kyllä että hän voisi olla luonamme lapsen syntymään saakka, talon ullakollahan on siisti ja lämmin huone, mutta kun mietin asiaa tarkemmin, tämä voisi olla meille suuri onni. Arn, me voisimme saada lapsen!' Arn

115

katseli jonnekin kaukaisuuteen, ja hymyili itsekseen. Sitten hän nyökkäsi, aivankuin vastauksena jollekulle, ja jatkoi tarinaansa. Katsoin taakseni, mutta en nähnyt ketään.

'Tyttö synnytti lopulta lapsen, se oli alkutalven aikaa, kun meri oli rauhaton ja myrsky oli raivonnut viikkotolkulla. Lapsi oli hyvin pieni syntyessään, ja äitinsä sanoi että syntymä tuli liian aikaisin, mutta niin vain kävi, että tammikuun myrskyn ulvoessa talomme nurkissa, ullakolla syntyi pieni tyttövauva, jolla oli kihara, vaalea tukka päänsä peittona. Mutta äidille tuli myöhemmin komplikaatioita, ja vaikka kätilö oli pyydetty paikalle, ei hänkään saanut pelastettua äitiä, joka kuoli verenhukkaan. Kätilö oli hälyttänyt lääkärinkin apuun läheisestä kylästä heti kun aavisti ongelmia, mutta onnettomuudeksi lääkärin tie oli katkennut myrskyn kaatamiin puihin, jotka vetivät sähkötolppia alas mukanaan ja sytyttivät melkein tuhoisan maastopalon. Niinpä pieni, ja hentoinen Alice kuoli hiljaa pois, ja Belle istui tytön sängyn vierellä koko sen onnettoman yön. Pieni vauva oli koko ajan äitinsä sylissä, ja voi Alice parkaa, hän itki itkemistään kunnes hänen kyyneleensäkin loppuivat. Alice antoi vauvalle nimeksi Isabelle, ja rukoili viimeisiksi sanoikseen että pitäisimme lapsesta hyvää huolta. Suukotellen vauvan otsaa Alice nukkui pois, ja se oli suuri suru Bellelle. Hän kun oli pitänyt paljon tytöstä. Mutta me pidimme lupauksemme, ja hoidimme Isabelleä kuin omaa lastamme. Mutta pikkuinen ei elänyt kuin kolme viikkoa, kun hän kuoli yllättäen. Lääkäri ei löytänyt mitään syytä tähän, mutta Belle oli varma että Isabelle oli kaivannut oikeaa äitiään, joka rakasti lastaan eikä olisi halunnut erota tästä kuollessaan, ja Belle sanoi että lapsi palasi äitinsä luo taivaaseen. Tämä kaikki tapahtui ennenkuin Adele tuli valaisemaan meidän maailmaamme, joka synkistyi tuon päivän jälkeen. Belle rakas, lopulta hän kuoli särkyneeseen sydämeen, sillä hän ei koskaan voinut unohtaa pientä Isabelleä. Enkä voinut minäkään. Hautasimme äidin ja lapsen samaan hautaan entisen kotitaloni raunioiden lähettyville, samalle paikalle missä äitini lepäsi ikiuntaan, sekä uskollinen ystävämme. Nyt vain villiruusut koristavat hautakumpuja, menneen rakkauden ja täyttymättömien lupausten kipeinä muistomerkkeinä.'

Vanhus nousi nojatuolista, ja käveli luokseni. 'Rakas lapsi, itke surusi, sillä kyyneleesi jotka olet vuodattava, se kaikki kerätään talteen eikä Taivaan Isä unohda lapsiaan. Kun sinä muistat jo edesmenneitä, niin on kuin he eivät olisi koskaan kuolleetkaan.'

Minun oli aika lähteä. Tunsin sen sydämessäni. Vanhus istahti takaisin keinutuoliin, ja nukahti melko pian takkatulen valaistessa hänen kasvojaan. Nousin ylös, ja kosketin vanhusta hellästi olkapäästä ja kuiskasin; 'Kiitos kaikesta, Arn.' Vanhus hymyili puoliksi unissaan. Käännyin ja kävelin ovelle. Pysähdyin käsi ovenkahvalla, ja käännyin katsomaan vanhusta. Olin sittenkin haluton lähtemään ja jättämään tätä miestä, joka oli nähnyt niin paljon surua ja murhetta, mutta uskoi silti vahvasti Kaikkivaltiaaseen. Johdatus. Sitä se oli. Johdatus oli tuonut minut tänne hänen luokseen, jotta hän saattoi kertoa elämänsä tarinan, iloineen ja suruineen. Tarinan opetus oli se, että elämä on lyhyt, useinmiten raskas, mutta enimmäkseen kaunis ja hauras. Kun jaamme matkamme ja taakkamme muiden kanssa, silloin on helpompi kulkea ja askelkin keventyy. Riley tassutteli luokseni, istui viereeni ja katseli minua aivankuin sanoen, että se ymmärsi minua. 'On aika lähteä, vai mitä kaveri?' Rileyn heilautti häntäänsä ja nousi ylös. Avasin oven ja vielä viimeisen kerran vilkaisin taakseni, Arn nukkui edelleen siinä mihin oli jäänytkin. Nyt hänen kasvojensa iho oli silentynyt, ja uurteet lientyneet. Jokin veti minua eteenpäin, mutta silti osa minusta kaipasi jäädä vanhuksen luokse, jossa oli jotakin hyvin tuttua. Riley haukahteli edempänä ja lopulta sain suljettua oven takanani ja astuin takaisin omaan maailmaani.

2004

Palasin takaisin vanhalle majakalle. Ajelin tuttua tietä pitkin, jolla olin kohdannut merkillisimmän seikkailun elämässäni. Silloin kun jätin Arnin takkavalkean eteen ja palasin autolleni, tajusin että olin unohtanut soittaa uudelleen. Mutta sitten olin huomannut että autoni renkaat olivat täysin ehjät, ja olin kokeillut renkaita moneen kertaan ja toistellut itselleni että ei se ole mahdollista! Olin ollut aivan varma, että ne olivat menneet puhki, koska olin miltein päässyt hengestäni. Olinko silloin vain kuvitellut kaiken? Vai oliko joku tuntematon pysähtynyt ja vaihtanut avuksi renkaani, lainaten kenties omaa vararengastaan? Niin tai näin, en koskaan saanut selville täysin mitä minulle tapahtui. Kun olin huomannut että autoni oli kunnossa, olin palannut takaisin mökille päin, mutta huomannut heti että paikka näytti erilaiselta kuin aiemmin. Se oli näyttänyt täysin hylätyltä, ja polkukin oli huonommassa kunnossa, nurmikko oli ollut täysin villiintynyt ja talon ikkunat olivat ammottaneet tyhjinä ja lohduttomina, kuin pohjattomat kaivot, jotka kaikuvat yksinäisyyttään. Missään ei ollut näkynyt elonmerkkejä, mutta aurinko oli ollut jo nousemassa taivaanrannan takaa, ja punertanut taivaan ja meri oli ollut tyyni. Kun olin kierrellyt mökkiä, ja olin käynyt jopa majakan ovella, mutta ovi oli ollut visusti lukittu suurella lukolla, ja ovessa oli lukenut mustin, suurin kirjaimin keltaisella pohjalla; VAARA, PÄÄSY KIELLETTY.

Riley juoksenteli vierelläni, ja pyysi minua selvästi seuraamaan. Hymyilin ystävälleni ja rapsutin sitä korvan takaa. 'Sinä tiesit, mistä siinä oli kysymys, vai mitä Riley? Sinä tiesit kaiken aikaa.' Riley heilautti häntäänsä ja lähti kävelemään mökiltä pois päin vievää polkua, joka johti läheiseen metsään. Lopulta tulimme aukealle, joka oli tosin kasvanut jo osittain umpeen niin monen vuoden jälkeen. Talon rauniot erotti juuri ja juuri lehvästön seasta. Villiruusut olivat levittäytyneet joka puolelle, mutta tiuhemmin niitä kasvoi neljällä hautakummulla. Olin asennuttanut neljä valkoista ristiä haudoille, joissa jokaisessa luki kultaisin kirjaimin nimi. Lisäksi raunioiden vierellä oli vanha muistotaulu joka oli kiinnitetty suureen kiveen, ja sen vierellä oli toinen, uudempi kultainen taulu, jossa luki tummin kirjaimin kaunokirjoituksella;

Täällä lepäävät Lily, äideistä rakkain ja Benjamin joka ei nuku vaimonsa rinnalla, hänen leposijansa on meren sylissä. Lisäksi Eorn, ystävistä uskollisin. Sekä rakkaat Alice, ja pienokainen Isabelle, jotka Taivaan Isä kutsui luoksensa. Ja kaunis Belle, tunnettu myös nimellä Isabelle ja miehensä Arn, joka rakasti merta ja rakennutti nämä muistomerkit.

Taivaan Isän käsiin me uskomme henkemme.

Muistakaa meitä, ja on kuin emme olisi koskaan kuolleetkaan.

Olin varma, että Arn olisi pitänyt tästä uudesta muistotaulusta.

Laskin punaisen ruusun jokaisen ristin juurelle, sekä rannalta keräämäni kivet, jotka olin valinnut tarkkaan, ne kaikkein sileimmät joita aallot olivat kuljettaneet mukanaan. Seison hetken paikoillani, pää painuksissa ja kädet ristissä. Riley istui vierelläni, ja näytti ymmärtävän suruni. Sen yleensä pystyssä olevat korvat olivat alhaalla, ja se riiputti kuonoaan. Herran haltuun minä annan henkeni, kuiskasin hiljaa. Sitten käännyin pois, ja kävelin rannalle Rileyn juoksennellessa ympärilläni iloisesti haukahdellen ja leikkisästi jahdaten merilintuja, jotka nousivat ilmaan räikyvien vastalauseiden saattelemana. Aallot iskeytyivät rantaan hiljakseen, vetäytyivät takaisin ja nousivat jälleen, yhä uudelleen ja uudelleen. Taivas oli pilvetön, ja lokit kaartelivat taidokkaasti korkealla yläilmoissa. Varjostin silmiäni, ja käännyin Rileyn puoleen sanoen; 'Onnekkaita nuo lokit, vai mitä? Mitähän ne näkevät tuolla ylhäällä?' Riley haukahti ymmärtävästi. Laskin vesille pienen veistetyn veneen, jossa oli ihan oikea purje ja peräsi ja pienet airot. Lisäksi kiinnitin veneeseen jäljelle jääneen punaisen ruusun, ja työnsin pienen purren meren aalloille. Veneen kylkeen kaiverrettu nimi 'Benjamin' näkyi pitkän aikaa keikkuen iloisesti aalloilla ylös ja alas kunnes se katosi lopulta näköpiiristäni. Toivotin pienelle veneelle hyvää ja turvallista matkaa.

Adelelle ei ole omaa muistomerkkiä, ei hautaa, ei muistikuvaa. Kun kysyin vanhukselta ennen lähtöäni mitä kaimalleni tapahtui, Arn oli hiljaa, ja yksinäinen kyynel poskellaan kertoi kaiken tarvittavan. Sanoja ei tarvittu. Adele lähti takaisin merelle, niin kuin hän oli saapunutkin kauan sitten. Vain hetkeksi, vieraana, tuoden raikkaan tuulahduksen jo ammoin unohdetuilta mailta, kaukaa merten takaa.

Epilogi

Vanha majakka ja mökki oli kunnostettu, ja nykyään niiden läheisyydessä sijaitsi pieni mutta kodikas löytöeläintentalo, jonka omistin veljeni ja vanhempieni kanssa. Äitini ymmärsi numeroiden päälle, ja hän hoiti kirjanpidon, isä oli kätevänä käsistään korjannut kaikki paikat kuntoon meidän auttaessa, ja minä vastasin eläinten hyvinvoinnista ja asiakkaiden vastaanotosta. Olimme rakentaneet pienen, mutta soman talon jossa asuin nykyään Rileyn ja Michaelin kanssa. Tapasin Michaelin, tuttavallisimmin Mike, kun hän kerran toi haavoittuneen metsäneläimen meille hoitoon. Mike oli koulutukseltaan eräopas, ja sen lisäksi hän kuului meripelastusseuraan. Mike oli erinomainen uimari, ja oli voittanut muutaman kilpailunkin. Se kaikki alkoi yhdestä, ainoasta katseesta. Rakastuin hänen silmiinsä, jotka olivat syvän kastanjanruskeat, tuuheisiin ripsiinsä ja hymykuoppiinsa. Riley hyväksyi Miken jo ensitapaamisella, ja huomasin että koirani mustat nappisilmät seurasivat miestä herkeämättä.

Eräänä elokuun aurinkoisena aamuna, kun istuimme talomme kuistilla kahvikupit käsissämme, Mike sanoi yhtäkkiä jotain odottamatonta, jolloin vedin miltein kahvin väärään kurkkuun. 'Tiesitkö, että setäni oli Arn nimeltään ja hän toimi täällä kauan sitten majakanvartijana? Tarina kiersi suvussani että hän tunsi erään Adele-nimisen naisen, kauan sitten. Ja tässä me olemme. Hassu sattuma vai mitä luulet?' Tuijotin Michaelia silmät apposen auki. Michael hymyili tutun oloista hymyä. Silloin huomasin jotain tuttua mieheni kasvojenpiirteissä. Hänen ruskeista silmistään heijastui kuvajainen aikojen takaa. Michael otti kasvoni hellästi kämmeniensä väliin ja painoi suolaisen suudelman huulilleni. Michael ei ollut tänä aamuna ehtinyt vielä ajaa partaansa ja hänen poskensa karkea iho tuoksui mereltä, hiekalta ja auringolta. Michael silitti kättäni, ja kultaista, yksinkertaista sormusta nimettömässäni. Istuimme hiljaisuuden vallitessa katsellen merelle päin. Nouseva aurinko värjäsi taivaanrannan ja lokit oikoivat siipiään ja sukivat sulkiaan. Olin näkeväni kaukana rannalla tutun hahmon seisovan, pitkänä ja ryhdikkäänä, jälleen nuoruusvuosiensa tunnossa. Näin hänen nostavan kätensä tervehdykseen ja vilkutin takaisin. Michael kääntyi ensin katsomaan rannan suuntaan, ja katsoi sen jälkeen minua kysyvästi.'Kenelle sinä oikein vilkutit?' Ranta oli jälleen autio, vain merilinnut hyppelehtivät hiekalla kisaillen jostakin mitä olivat löytäneet. Hymyilin ja silmäni kostuivat suolaisista kyynelistä. 'Se oli ystävä, jonka tapasin kerran, kauan kauan sitten.'

Joskus elämänlangat punoutuvat yhteen mitä erikoisimmilla tavoilla, jolloin eri elämät ja ihmiset risteävät toisiaan. Aika on vain verho kahden maailman välillä. Minä sain etuoikeuden ylittää tuon rajan. 'Elämä koettelee, vaan Jumala johdattaa.'

Arn kävi jättämässä hyvästit. Hän purjehti meren ylitse, isänsä ja äitinsä luokse. Arn purjehti viimeiselle rannalle, sinne missä metsät yhä kasvavat vapaina ja Adele kävelee valkealla hiekalla merilintujen iloinen laulu seuranaan.

Talvenpoika ja Kuu-ukko

Poika joka halusi leikkiä Kuu-ukon kanssa

Kerran keskitalven aikaan syntyi pieni poikalapsi ja hänen vanhempansa olivat hyvin onnellisia. Pojalla oli tummat hiukset kuin yötaivas ja hänen silmänsä loistivat kuin iltatähdet. Äiti kutsui häntä tähtilapseksi, uniennäkijäksi. Hellästi äiti ja isä häntä sylissään tuudittivat ja lauloivat; 'Tuuli, tuuli keinuta, lastani mun nukuta. Kunnes uni tulla saa, pienokainen käy nukkumaan'.

Niin vaihtuivat vuodenajat, ja tuhannet eri värit ja tuoksut täyttivät pojan maailman. Näin kului kolme talvea ja neljäntenä talvenaan poika oli ulkoilemassa vanhempiensa kanssa illan laskeutuessa hiljaiseen metsään, jota peittivät korkeat lumihanget. Puiden oksat olivat kumarassa lumen painosta ja laskeutuivat heidän päidensä ylle kuin valkea verho.

Poika näki eläinten jälkiä lumessa. Kauempana pysähtyi jänis ja katseli heitä hetken ajan kunnes säntäsi juoksuun ja katosi puiden siimekseen.

Kuu oli noussut taivaalle ja kurkki puiden oksien takaa vilkuttaen. Se oli melkein täysin pyöreä ja hohti valoa illanhämärässä. Poika pyysi päästä äitinsä syliin ja hän osoitti punaisella lapasella kohti kuuta ja nauroi. Poika nauroi usein ja kun hän niin teki, kuulosti se kuin iloisen puron solinalta.

'Äiti, äiti minä haluan leikkiä kuu-ukon kanssa!'
'Äiti, äiti katso minä kurkotin kohti kuuta. Melkein sain sen, tule leikkimään kanssani!'

Pojan äiti nauroi ja osoitti sormellaan kuuta kohti ja sanoi;

'Katso pieni poikani, rakas lapsemme, voitko nähdä kuinka tähdet leikkivät kuun kanssa? Pienokaiseni, rakas uneksijani keijujen maasta, voitko nähdä kuinka Kuu-ukko nauraa?'

Poika katseli kuuta, joka tuntui suurenevan ja suurenevan kunnes näytti siltä kuin suuri hopeinen pallo olisi nauranut puiden katveessa. 'Äiti, kuinka vanha kuu on?' poika kysyi. Äiti mietti hetken ja vastasi sitten, 'Kuu on melkein yhtä vanha kuin Joulupukki, ellei vanhempi'. Poika käänsi katseensa äitiänsä kohti ja sanoi kirkkain silmin, 'Entä viettääkö Kuu-ukko koskaan syntymäpäivää?' Äiti pudisteli päätään nauraen ja sanoi että kohta itse Kuu-ukko kyllästyy hänen kysymyksiinsä.

Hetken aikaa poika oli hiljaa mietteissään ja sen jälkeen hän rupesi rakentamaan lumiukkoa isänsä kanssa. Äiti pystytti lyhdettä linnuille, että myös niillä olisi syötävää. Kun lumiukko oli valmis poika katseli kuuta taivaalla ja hymy levisi hänen kasvoilleen, hänen poskensa olivat punaiset ja pyöreät kuin omenat. Äiti ja isä katselivat ihmeissään mitä poika mahtoi rakentaa mutta hän oli salaperäinen eikä kertonut ennenkuin sai työnsä valmiiksi. Lopulta he seisoivat siinä kaikki ja katselivat suuren suurta lumisyntymäpäiväkakkua. Vanhempien tiedustellessa kenelle hän oli tehnyt kakun, poika vastasi, 'Se on Kuu-ukolle. En tiedä juhliiko hän syntymäpäiviä mutta tein sen hänelle silti'. Nauru helisi iloisesti pihamaalla ja linnut kuuntelivat sitä ihmeissään. Jänis kurkki metsänsiimeksestä ja pöllö istui korkealla kuusen oksalla ja käänteli päätään äänen suuntaan.

Pieni poika hyppi vanhempiensa rinnalla heidän kävellessään ja pojan nauru nousi ja herätti hiljaisena nukkuvan maan ja tähtipöly tanssi tuulessa hänen seuranaan.

Ja silloin pieni poika puhkesi laulamaan;

'Tulkaa, tulkaa leikkimään minun kanssani, keijukaiset ja ottakaa mukaan kuu ja tähdet!'
'Äiti, äiti katso minä kurkotin kohti kuuta. Melkein sain sen, tule leikkimään kanssani!'

Kun nukkumaanmenon hetki koitti, poika pyysi äitiään kertomaan tarinan Kuu-ukosta. Ja äiti aloitti,

'Kerran oli pieni poika, syntynyt keskitalven aikaan, joka halusi leikkiä kuu-ukon kanssa. Ja hän tunsi keijujen salaisen maailman. Hän tahtoi kovasti saada siivet että voisi lentää taivaalle tapaamaan tähtiä ja nousta aina kuuhun saakka. Hän pyysi keijuilta apua ja he suostuivat lainaamaan keijupölyä, joka toteuttaa käyttäjänsä suurimman toiveen. Niin poika nousi pienen mäen päälle ja heitti keijupölyä yllensä ja toisti kolme kertaa, "toivon kerran vain, siivet selkääni sain". Ja poika yritti ja yritti mutta hän ei saanut siipiä. Mikä voi olla vialla? Keijut eivät osanneet sanoa miksi keijupöly ei toiminut. 'Ehkä se ei ole suurin toiveesi', eräs vanhimmista keijuista sanoi.

'Mutta minä tahdon lentää', poika sanoi surullisesti ja asettui istumaan suuren puun juurelle ja katseli kuuta taivaalla. Silloin jänis kulki ohitse ja pysähtyi kysymään miksi poika oli surullinen. Poika vastasi että hän halusi siivet jotta voisi lentää kuuhun. Jänis lohdutti häntä kertoen että silloin tällöin itse Kuu-ukko laskeutui alas taivaalta ja leikki metsäneläinten kanssa ja tähdet olivat asettuneet hänen pitkille hopeanharmaille hiuksilleen, ja hän nauroi paljon ja silloin kuulosti siltä kuin tuhannet tuulikellot olisivat helisseet. Poika kuunteli tätä kaikkea silmät loistaen. 'Millainen hän on? Oletko tavannut hänet?' poika kysyi jänikseltä joka nyökytteli päätään. 'Hän näyttää vanhalta mieheltä, mutta hän on ikinuori. Hän ei vanhene eikä nuorene. Hänen silmänsä ovat harmaat ja tummat kuin yötaivas ja hänen valkeat hiuksensa ovat kuin pehmeintä silkkiä'.

Silloin poika nousi ylös ja hymyili jänikselle. 'Nyt minä tiedän mitä toivon' hän sanoi. "Toivon kerran vain, että Kuu-ukon vieraakseni sain". Keijupölyn laskeutuessa maahan taivaalta alkoi sataa hiljalleen lumihiutaleita, suuria ja kauniita kuin vaahteran lehtiä. Tuuli ujelsi metsän takana ja nostatti lunta ilmaan ja tämä lumipyörre kohosi ja kohosi korkealle ilmaan kunnes se yletti itse kuuhun asti. Näytti siltä kuin lumipyörteestä olisi muodostunut kierreportaat, läpinäkyvät kuin jää mutta koskettaessaan kaidetta poika huomasi että se tuntui lämpimältä. Pian ilmassa nousi esille kirkas ja heleä ääni (kuin muisto menneisyydestä, niiltä päiviltä kun maailma oli vielä nuori ja ihmiset vielä katselivat kuuta taivaalla ihmeissään ja kutsuivat sitä taivaan helmeksi),

'Hei hoi, kuka kutsun toi? Kuu-ukko se täällä on, kohta on riemu loppumaton!'

Poika näki vanhan miehen laskeutuvan jääportaita alas ja hän liikkui ketterästi ja nauroi koko ajan. Mies tuli pojan luo ja siinä seisoivat talvenpoika tummakutri ja Kuu-ukko valkoisissa ja kuun hopeinen valo leikki hänen hiuksillaan jotka ylettyivät selkään asti. Kuu-ukko kumartui pojan puoleen ja katseli häntä hetken aikaa mietteissään. 'Sinäkö kutsuit minua?' hänen lempeä äänensä tuntui kumpuilevan jostain kaukaa ja silti läheltä. Poika ei hetkeen pystynyt puhumaan vaan nyökäytti vain päätään myöntämisen merkiksi.

'Hei hoi, sinut tunnen kaukaa, naurunsa pitkälle raikaa'.

Kuu-ukko hymyili ja heilautti välkehtivää kättäänsä metsään päin. 'Sinä olet se joka herätät uinuvan metsän, ja annat unelmillesi elämän'. Kuu-ukko kertoi millaista oli asua kuussa, siellä olivat kadut tehty helmiäisestä ja talojen ikkunoista loistivat tähdet. Tähtipölyä tarttui kävellessä jalkoihin (tai kenkiin jos piti sellaisia toisin kuin Kuu-ukko) ja monet valkeat tähdenmuotoiset kukat kasvoivat siellä. Kuussa oli yksi ainoa korkea ja valkea torni josta näki kauas, aina maahan saakka. 'Siinä tornissa taitaa olla aika monta askelmaa', poika mietti ääneen ja Kuu-ukko nauroi sydämellisesti. 'Totta, mutta minun taikani avulla ne askelmat kiipeää ylös nopeammin kuin uskotkaan'.

'Mutta nyt minun on mentävä', Kuu-ukko sanoi lopulta. 'Tapaanko sinut vielä joskus?' poika kysyi ja näytti surulliselta mutta Kuu-ukko silitti hänen hiuksiaan ja ojensi kätensä jonka iho ikäänkuin hohti sisäistä valoa ja hänen kädellään lepäsi maailman täydellisin valkea lumihiutale, sen kauniit kuviot olivat kuin hopeasta ja hiutaleen keskellä loisti kultainen tähti. 'Tämä on sinulle, talvenpoika tummakutri, muistoksi minusta. Älä koskaan lakkaa uneksimasta sillä siinä on sinun voimasi. Sinä päivänä kun synnyit sinä annoit elämän tälle lumihiutaleelle ja tämä lumihiutale on yhtä ainutlaatuinen kuin sinä'. Poika otti lumihiutaleen varovaisesti käteensä ja kiitti Kuu-ukkoa lahjasta. 'Mutta nyt minun on jo riennettävä, kuu jatkaa matkaansa ja minä sen mukana. Aamu käy ja aurinko on nousemassa. Tänään minä kuljenkin hetken samaan aikaan taivaalla auringon kanssa'. Kuu-ukko kumarsi syvään, niin syvään että hänen valkea partansa viisti maata ja kuin tähdenlento hän lensi jääportaat ylös ja tuuli nousi jälleen metsän takaa ja osuessaan portaisiin ne katosivat näkyvistä kuin puhalluksen voimasta.

'Hei hoi, kuka kutsun toi? Kuu-ukko se täällä on, kohta on riemu loppumaton!'

'Hei hoi, sinut tunnen kaukaa, naurunsa pitkälle raikaa'.

Kuu-ukon iloinen ääni helisi kaukaa ja lopulta ääni hiljeni tummenevaan iltaan. Kuu loisti hopeisena taivaalla ja kaukana taivaanrannassa nousi aamunkajo illan verhon takaa.

Äiti lopetti tarinansa ja katseli hetken aikaa pienen poikansa rauhaisaa unta. Pojan tumma tukka oli kiharalla ja hän puristi rintaansa vasten elämää nähnyttä nalleaan. Oli hiljaista ja vain pojan rauhaisa hengitys kuului huoneessa. Ilta oli laskeutunut ja kuu loisti ikkunasta luoden hopeisen valojuovan lattialle. Ikkunassa, kuun hopeisessa valossa, kylpi valkea suuri lumihiutale.

Tähdet tuikkivat taivaalla ja äiti oli jälleen kuulevinaan poikansa heleän naurun, naurun joka herättää uinuvan metsän.

'Äiti, äiti minä haluan leikkiä kuu-ukon kanssa!'

'Äiti, äiti katso minä kurkotin kohti kuuta. Melkein sain sen, tule leikkimään kanssani!'

Ja äiti kuiskasi hiljaa;

'Katso pieni poikani, rakas lapsemme, voitko nähdä kuinka tähdet leikkivät kuun kanssa? Pienokaiseni, rakas uneksijani keijujen maasta, voitko nähdä kuinka Kuu-ukko nauraa?'

Mabel, meri ja minä

1920

Meri huuhtoi tytön rantaan hellästi kuin nukkuvan lapsen.

Ilta-aurinko värjäsi taivaan syvän punertavaksi. Mies istui rannalla ja tähysi ulapalle. Hän oli kolmenkymmenenviiden vanha, pitkä ja roteva. Hiukset olivat tulipunaiset ja leikattu lyhyiksi. Joskus hänelläkin oli ollut pidemmät hiukset mutta hänen vaimonsa piti hänen hiuksistaan enemmän näin. Partansa mies oli ajanut pois ja hänen kasvonsa olivat kulmikkaat ja nenä vahvapiirteinen. Miehen syvän ruskeista silmistä heijastu äly ja elämänviisaus. Silmälasinsa mies oli laskenut penkille viereensä, ja hän oli juuri pyyhkimässä kankaisella, punaruudullisella nenäliinallaan otsaansa, kun hän oli huomaavinaan valon välkehtivän kaukana merellä. Se muistutti häntä siitä kun hän oli joskus katsellut pikkupoikana laiturin nokalla maaten kalojen uivan alapuolellaan ja nähnyt auringonvalon heijastuksen kalojen hopeisilta suomupinnoilta. Mies nosti vasemman kätensä silmiensä suojaksi ja toisella kädellään haparoi pyöreät, mustasankaiset silmälasinsa tuolilta ja laittoi ne nenälleen. 'Mikä ihme se oli –', mutta ennenkuin hän sai lauseensa sanotuksi, suuri aalto pyyhkäisi kaukaa mereltä rantaan sellaisella voimalla että aallonharja ulottui niin pitkälle että miehen kengät kastuivat. Sitten aalto vetäytyi takaisin mereen ja vaahtopäät jäivät rantakivikkoon. Meri huuhtoi tytön rantaan hellästi kuin nukkuvan lapsen. Siinä hän makasi, aivan rannantuntumassa, kädet kiedottuina ympärilleen ja pitkät, pitkät vaaleat hiuksensa olivat levittäytyneet kasvojensa peitoksi kuin veden päällä kelluvat lumpeenlehdet. Tyttö makasi aivan liikkumatta, ja silmänräpäyksen ajan mies luuli nähneensä tytöllä jalkojen tilalla sinisenä hohtavan suomupeitteisen pyrstön. Mutta sitten uusi, pienempi aalto pyyhkäisi tytön jalkoja, ja vaahtopäät olivat vieneet pyrstön mennessään.

Mies seisoi hetken aikaa liikkumatta, tuskin uskaltaen hengittää. Hän otti silmälasinsa nenältään ja pyyhki niitä nenäliinallaan ja laittoi lasit takaisin. Tyttö makasi edelleen paikallaan. Varovasti mies asteli lähemmäs tätä perin outoa näkyä. Mistä hän oli tullut? No, merestä tietenkin, mies ajatteli itsekseen. Mutta miten ja miksi hän oli joutunut veden varaan? Yhtäkkiä tyttö liikahti kuin noustakseen mutta oli liian heikossa kunnossa ja kaatui takaisin hiekalle. Se riitti. Mies kiirehti hänen luokseensa ja nosti tytön käsivarsista ylös syliinsä. Hän pyyhkäisi tytön märät hiukset tämän otsalta ja näki vihdoin hänen kasvonsa. Niitä kasvoja mies ei unohtaisi enää koskaan.

Ne kasvot tulisivat seuraamaan häntä päivin ja öin, antamatta hetkeäkään rauhaa hänen sielulleen. Tytön kasvot olivat muodoltaan soikeat ja hyvin tyttömäiset. Hän oli avannut suuret, siniset silmänsä ja hänellä oli pitkät ripset ja kaunismuotoinen suu. Joku sanoisi jopa että tyttö muistutti elävästi vedenneitoa. Niitä joista mies oli lukenut kirjoista, ja miten monesti hän olikaan katsellut noita kauniita, upein värein työstettyjä kuvia näistä olennoista, jotka kiehtoivat niin monia ihmisiä, myös häntä itseään.

Tyttö katseli häntä tutkivasti suurilla silmillään, ja hän avasi suunsa kuin olisi yrittänyt puhua mutta sitten yhtäkkiä raju yskänpuuska ravisteli tyttöä. 'Sinähän palellut, tyttökulta', mies sanoi ja riisui kiireesti oman raglanhihaisen villakankaisen päällystakkinsa ja kietoi sen tytön ympärille. Tyttö näytti kiitolliselta, sulki silmänsä ja painautui lähemmäs häntä. Mies kietoi kätensä tiukemmin tytön ympärille. Siinä he istuivat kunnes aurinko laski mailleen ja katosi taivaanrannan taakse. Tähdet syttyivät loistamaan ja taivas kaareutui heidän yläpuolellaan kuin loputon tähtivyö. Aallot olivat hiljentyneet ja tulikärpäset tanssivat läheisellä nurmikkokaistaleella. Mies oli vaipunut ajatuksiinsa kun tyttö nosti päätään ja nojasi kauemmas hänestä nähdäkseen miehen kunnolla. Tyttö piteli takinliepeistä kiinni ja hänen käsiensä iho näytti tähtien valossa miltein läpikuultavan hennolta. Tytön pitkät ja hoikat sormet puristuivat tiukemmin yhteen ja hän avasi suunsa jälleen puhuakseen. Tyttö tapaili sanoja, aivan kuin kuulostellen miten ne taipuivat, laskivat ja nousivat illan hämärässä. 'Kiitos sinulle avustasi', tyttö sanoi ja hymyili ensimmäisen kerran. Mies katseli häntä kuin lumouksen vallassa. Tytön ääni oli kuin aaltojen laulu tai merituulen kuiskaus maininkien yllä. Lopulta mies tuntui saavan oman äänensä takaisin ja hän sanoi, 'Ei kestä kiittää. Mistä tulet ja mikä on nimesi?', tyttö hymyili jälleen suloista hymyään ja vastasi ääni helisten kuin tuhannet tiu'ut yössä; 'Nimeni on Amabel, mutta siellä mistä tulen, minulla on myös toinen nimi jota en lausu ääneen täällä'. Robert istui hetken hiljaa miettien. 'Amabel, Amabel...Mabel' Robert toisteli tytön nimeä ääneen aivan kuin se kuulostaisi kauneimmailta sanalta koko maailmassa. 'Saanhan kutsua sinua Mabeliksi?' Robert kysyi. Tyttö nyökkäsi.

'Entä ketä saan kiittää, oi pelastajani?' Amabel kysyi ja tytön siniset silmät muistuttivat kovasti tyyntä meren pintaa josta heijastui monen eri sinisen sävyjä loputtomana virtana. 'Minun nimeni on Robert', mies sanoi ja jatkoi; 'mutta mistä sinä olet tullut?' Amabelin hymy katosi kasvoilta niin äkkiä että Robert jo katui kysymystään mutta sitten tyttö puhkesi puhumaan katsellen samalla merelle päin haikean näköisenä.

Amabelin ääni tuntui muuttuneen syväksi kuin meren syli, se tuntui kumpuavan syvältä hänen sisimmästään. 'Sieltä mistä minä tulen, ei yksikään elävä ihminen ole palaava, ei ainakaan vanhassa olomuodossaan. Sillä jos kerran kuljet sinne missä meren sydän on, silloin olet muuttuva osaksi merta'. Robert katseli taivaanrantaan, sinne päin minne myös Amabel katseli. Siellä näkyi kaunis tähti joka tuntui loistavan muita sisaruksiaan kirkkaamin. He olivat hiljaa, Amabel nojasi Robertin olkapäätä vasten ja nyt vasta hän huomasi että tytön hiuksissa oli siellä täällä simpukoita solmittuna leväköynnöksin. Oletko sinä vedenneito?, ajatus pyöri hänen mielessään mutta ennenkuin Robert sai avatuksi suunsa he kuulivat huudon kauempaa ylärinteeltä päin, jolla sijaitsi suuri talo. Talon kuistin ovi oli auki, ja valokiilassa seisoi vanhempi nainen tumman ruskea tukkansa auki ja yllään silkkipusero, jossa oli pitsireunainen kaulus ja pohjepituinen beigen värinen hame. 'Robert! Robert, missä olet?', nainen huusi etsien katseellaan miestään. Amabel näytti säikähtäneeltä mutta Robert tyynnytteli häntä ja nosti tytön syliinsä. Varmoin askelin hän kantoi tytön rinnettä ylös. Violet hymyili nähnessään miehensä ilmestyvän näkyviin ja oli jo sanomassa jotain mutta yhtäkkiä hänen kasvonsa valahtivat valkoisiksi hänen nähdessään miehensä kantavan olentoa, joka näytti kuin uitetulta koiralta, pitkät vaaleat hiukset valtoimenaan, laskeutuen Robertin käsivarsilta aivan kuin vesi valuisi miehen ihoa pitkin. 'Robert, kuka hän oikein on?' Violet katsahti tyttöä ja katsoi sen jälkeen miestään kysyvänä.' Ja missä sinä olet ollut? On jo myöhä', Violet puhui aivan kuin ei osaisi lopettaa puhetulvaansa.

'Hänen nimensä on Amabel. Aallot olivat viskoneet hänet rannalle ja minä pelastin hänet', Robert vastasi ja huusi samalla palvelijalle käskyn lämmittää kylpyvettä ja tuoda puhtaita pyyhkeitä ja saippuaa pesuhuoneeseen. 'Ole kiltti ja sulje ovi, kultaseni. Sisälle pääsee kylmää ilmaa', Robert pyysi. Violet nyökkäsi ja sulki oven perässään. Rannalla aallot löivät hiljalleen hietikolle ja pyyhkivät jalanjäljet pois. Aallot kuljettivat rantaan pienen pienen esineen joka hautautui puoliksi hiekkaan. Tähtien valossa esineen valo välkehti sinisenä. Robert ei sitä löytänyt mutta seuraavana päivänä hänen pieni poikansa löysi sen rannalla leikkiessään ja poika piti siitä niin paljon että salakuljetti sen sisälle taloon ja piilotti eteisen pöydällä olevaan suureen maljakkoon johon oli kuvattu merestä kertovia tarinoita.

1922

Tyttö oli kaunis kuin simpukasta löytynyt helmi.

Kaksi vuotta oli kulunut, ja elämä soljui eteenpäin entiseen tahtiinsa merenranta talossa. Robert oli meribiologi ja teki työkseen tutkimuksia merellä, ja sen vuoksi heillä oli purjelaiva läheisessä laiturissa ankkuroituna. Yleensä hän viipyi merellä kahdesta kolmeen päivään, kerran tai kaksi kuukaudessa. Violet emännöi heidän kotiaan ja heillä oli kymmenenvuotias poika jonka nimi oli Edward. Heidän lisäkseen talossa asuivat palveluskunnan lisäsiivessä hovimestari Harold, sisäkkö Mary ja kokki Sarah, kaikilla oli oma sievä huone. Mary oli erään tuttavaperheen tytär joka työskenteli heidän luonaan saadakseen työkokemusta. Mary oli juuri täyttänyt kaksikymmentä, ja hän omasi kauniit kastanjanruskeat hiukset jotka olivat yleensä palmikoituna ylös. Hän oli varsin eläväinen tyttö toisin kuin Sarah joka oli häntä kaksitoista vuotta vanhempi. Harold oli viisissäkymmenissään, vakaa kuin peruskallio. Hänen vaimonsa oli toiminut aiemmin kokkina mutta tämän kuoltua Robert oli palkannut Sarahin. Talo oli vanha ja se oli kuulunut Robertin vanhemmille, Sir Edwardille ja Lady Elisabethille. Talossa oli kaksi kerrosta ja se muistutti L-kirjainta. Palvelijoiden lisäsiipi oli alakerrassa, keittiön yhteydessä. Samasta kerroksesta löytyivät eteinen, ruokasali, olohuone, ja työhuone. Yläkerrassa oli päämakuuhuone joka oli nyt Robertin ja Violetin käytössä sekä lastenhuone, makuuhuone vanhemmille lapsille sekä vierashuone, joka oli talon toisessa päädyssä kauimpaisena päämakuuhuoneesta joka taas oli lähimpänä portaikkoa. Amabel asui tässä huoneessa, jonka Robert oli antanut hänelle vaimonsa vastusteluista huolimatta. 'Mihin me sitten majoitamme mahdolliset vieraat?', oli Violet sanonut. Robert sanoi että heidät voisi sijoittaa lastenhuoneeseen sillä Edward oli jo tarpeeksi iso asumaan viereisessä huoneessa. Robert antoi käskyn kalustaa lastenhuone mahdollisia vieraita varten. Violet oli valittanut myöhemmin illalla päänsärkyä ja oli mennyt makuuhuoneeseen lepäämään, jossa hän pysyi seuraavaan aamuun asti. Mary vei hänelle illallisen ja aamiaisen. Robert oli joutunut nukkumaan olohuoneen ylellisellä sohvalla joka tosin ei ollut paras mahdollinen nukkumapaikka. Aamulla hänellä oli ollut niskat jumissa ja kun Harold oli tuonut hänelle hänen tavallisen aamiaisensa eli kahvia, paahtoleivän marmeladilla ja ananasmehua, oli hänen olonsa kohentunut sen jälkeen.

Robert muisti sen aamun oikein hyvin. Amabel oli mennyt pian nukkumaan sen jälkeen kun hän oli käynyt kylvyssä ja Mary oli auttanut hänen ylleen yöasun. Jälkikäteen Robert oli kuullut Maryn ihmettelevän ääneen sitä kuinka outona Amabel oli pitänyt sitä että piti pukea vaatteita ylleen. Ihan kuin tämä ei olisi niitä koskaan ennen nähnytkään. Tyttö oli nukkunut rauhallisesti, hänen huoneensa ikkuna antoi merelle päin, sen takia Robert oli sen hänelle antanutkin. Amabel nukkui aina ikkuna auki jolloin hänen huoneeseensa kävi suolainen tuulahdus mereltä päin. Robert oli pyytänyt antamaan isoäitinsä vanhan mekon joka oli ollut kaapissa pitkään Amabelille, sillä Robertin äidin jälkeen sitä pukua ei ollut pitänyt kukaan muu. Violet ei pitänyt siitä, hänen mielestään se oli liian vanhanaikainen. Robert muisti myös erittäin hyvin sen kun Amabel oli laskeutunut portaita alas ruokasaliin aamiaiselle.

Tytöllä oli yllään sininen villakankainen mekko, (jota kutsuttiin myös päiväpuvuksi) ja jonka leikkaus ja malli muistuttivat 1900-luvun englantilaisen säätyläisnaisen asua. Asussa oli bertha-kaulus, pitsiröyhelöihin päättyvät levenevät pussihihat ja samettivyö. Ainoastaa korsettia hänellä ei ollut mutta tytön hoikka ja pitkä olemus ei sellaista olisi edes tarvinnut. Tytön vaaleat hiukset olivat jakauksella keskeltä ja ne oli nostettu ylös, Mary oli auttanut hiustenlaitossa. Suuret, siniset silmät, pitkät ripset ja kaunismuotoinen suu loivat sellaisen yhteisvaikutelman että häntä saattoi surutta sanoa enkelimäisen kauniiksi.

Siinä Mabel seisoi ovensuussa kuin hento lumpeenkukka, joka keinuu aalloilla rantakaislikon tuntumassa. Itseasiassa Mabel keinui hiljaa paikoillaan ja hyräili tuskin kuuluvalla äänellä erästä hyvin tuttua sävelmää. Robert istui pöydän toisessa päässä ja hän piteli kahvikuppia huulillaan mutta oli jähmettynyt niille paikoilleen kun Mabel tuli huoneeseen. Niin kaikki nykyään kutsuivat häntä. Robert kutsui häntä myös Helmeksi, sillä hänestä tyttö oli kaunis kuin simpukasta löytynyt helmi. Edward istui pöydässä isänsä vieressä ja poika oli juuri syömässä leipää ja paistettuja kananmunia. Violetia ei näkynyt, sillä hän söi tuolloin aamiaisen makuuhuoneessa. Harold oli juuri tarjoilemassa lisää kahvia ja myöskin hän jäi tuijottamaan Mabelia sillä tuskin keneltäkään jäi huomaamatta tytön kaunis olemus. 'Minä puin tämän – mekon ylleni, jonka annoit, Robert. Kiitos, se on kaunis'. Mabelin ääni oli arka ja hentoinen. Robert nousi ylös ja kiiruhti auttamaan Mabelin tuolille viereensä. 'Ei kestä kiittää, minusta on vain mukavaa että tuo puku on taas käytössä'. Robert hymyili tytölle joka vastasi hymyyn. Mabel söi hyvällä ruokahalulla, ja huomasi silmänurkastaan että Robert vilkuili häntä aika-ajoin salaa mutta huomatessaan että jäi kiinni tuijottamisesta, hän käänsi kasvonsa nopeasti pois päin posket yhtä punaisina kuin tukkansa. Mabel hymyili vain miehelle ystävällisesti.

Päivä oli alkanut mukavasti ja Violet tuli lopulta alas olohuoneeseen aamiaisen jälkeen. Harold korjasi astiat ruokasalista, vei ne Sarahille joka pesi ne ja Mary oli sijaamassa vuoteita yläkerrassa. Robert istui omalla tuolillaan olohuoneessa lukemassa ja Mary oli tehnyt tulet suureen vanhaan takkaan jonka reunat olivat upeasti kuvioidut erilaisin antiikin hahmoin. Edward istui lattialla leikkimässä palikoillaan ja leikkiautoillaan. Mabel istui viereisellä sohvalla ja katseli ikkunasta ulos. Violet pysähtyi ovensuuhun ja kohtasi tämän kotoisan näyn. Hetken ajan hän epäröi mutta astui sitten huoneeseen ja istuutui omalle tuolilleen Robertin vierelle takan ääreen. Violet katseli Mabelia kulmiensa alta mutta ei sanonut mitään. Lopulta Violet otti läheisestä korista ompelutyönsä ja keskittyi siihen. Mutta sanaakaan ei sanottu, ja niine hyvineen he istuivat siellä melkein lounasaikaan asti. Lopulta Mabel kuitenkin nousi ja kertoi lähtevänsä kävelylle ulos. Edward nousi siinä samassa ylös ja kietoi kätensä Mabelin ympärille ja pyysi päästä mukaan. Pojan katse oli mitä suloisin ja tämän punertavan vaalea tukka oli kammattu siististi.

'Pyydä Maryä mukaasi, Edward. Minä teen tämän työni loppuun, kultaseni. Käydään yhdessä ulkona sitten iltapäivällä', Violet sanoi. Edward polki jalkaa kiukkuisena. 'Ei, minä tahdon Mabelin kanssa ulos!' Robert nousi ylös ja laski kirjan käsistään. 'Minä voin lähteä mukaan, Edward. Kaipaankin raitista ilmaa'. Robert antoi suukon vaimonsa poskelle ja kehotti tätä liittymään joukkoon. Mutta Violet pudisti päätään hymyillen ja sanoi että hän istuisi hetken omassa rauhassa. Robert kosketti vielä

144

vaimonsa poskea hellästi ennenkuin he lähtivät yhdessä ulos. Aurinko paistoi ja päivä oli lämmin. Meri oli rauhaisa, ja hiekkaranta näytti jatkuvan loputtomiin. Vesi oli yhtä sininen kuin pilvetön taivas ja siellä täällä näkyi hiekasta pilkottavan näkinkenkiä. He kävelivät yhdessä rannalla, Edward juoksi heidän edellään ja perheen nelivuotias walesinspringer-spanieli Bailey juoksi Edwardin rinnalla iloisesti haukkuen. Koiran turkki oli laikukas, valkoisen ja toffeen sekoitus.

Mabel pysähtyi ja istuutui tuolille, sille samalle jolla Robert oli istunut aikaisemmin löytäessään hänet rannalta. Hetken Robert empi mutta istuutui sitten Mabelin viereen, sopivan välimatkan päähän kuitenkin. Edward heitteli juuri keppiä jonka Bailey aina yhtä innokkaasti kävi noutamassa. He katselivat siinä merelle, tuota suurta sinistä lakeutta joka katosi taivaanrannan taa. Lokkien valkoinen siluetti piirtyi sinistä taivasta vasten ja niiden huuto kiiri kauas. Robert katseli tyttöä joka istui hänen vieressään sininen mekkonsa yhtä syvän värisenä kuin itse meren syli. Sininen korosti kauniisti tytön vaaleaa ihoa. Ajatus syttyi Robertin jo valmiiksi piinatussa sydämessä. Meri on suonut minulle lahjansa, sen kaikkein kauneimpansa. 'Kuinka vanha sinä olet?', Robert kysyi. Mabel hymyili hänelle ja kertoi olevansa yhtä nuori kuin vaahtopäät. 'Mutta täällä se tarkoittaa sitä että olen yhtä vanha kuin Mary.

Hän on todella mukava, ja minä pidän hänestä paljon', Mabel sanoi ja katseli kuinka Edward vilkutti heille ja tyttö vilkutti hymyillen takaisin. Entä pidätkö sinä minusta?, Robet ajatteli mutta ei sanonut sitä ääneen. Kuinka hän olisikaan voinut?

1930

Ja jonain päivänä meri vaatisi omansa takaisin, ja hän lähtisi.

Vuodet kuluivat, ja he olivat onnellinen perhe. Edward oli jo kahdeksantoista, hänen syntymäpäiväänsä oli juuri vietetty edellisenä viikonloppuna ja rantatalo oli ollut täynnä sukulaisia ja lähinaapureita. Yleensä heillä ei käynyt vieraita, sillä Robertin vanhemmat olivat kuolleet kun Edward oli ollut kolmenvanha ja Violetin suku asui melko kaukana, eivätkä he päässeet vierailulle kovin usein sillä Violetin isä oli sairastellut viimeiset kymmenen vuotta. Edwardilla oli ollut kuitenkin aina leikkikavereita naapuritaloissa. Bailey oli täyttänyt arvokkaat kaksitoistavuotta ja nukkui monesti iltaisin takan ääressä omalla pedillään. Bailey oli kuitenkin tähän asti välttynyt sairauksilta. Koira oli yhä elämänsä kunnossa. Robert jatkoi yhä meribiologin työssään, mutta hän oli käynyt pitemmillä purjehdusmatkoilla harvemmin viime vuosien aikana. Ehkä syynä oli jostain syystä Mabel, mutta edes Robert ei suostunut myöntämään sitä itselleen, saati vaimolleen. Mary oli lähtenyt opiskelemaan itselleen sihteerin ammattia kaupunkiin kolme vuotta sitten. Marystä ja Mabelistä oli tullut ylimmät ystävykset, melkein kuin sisarukset. Siksi eron hetki oli ollut vaikea mutta Mary piti perheeseen yhteyttä ja vieraili heidän luonaan kerran kuukaudessa viikonlopun ajan. Hän kävi myös jouluna ja joskus kun hänellä sattui olemaan vapaapäivä. Mabel oli ottanut hoitaakseen Maryn tehtävät talossa vaikka Robert oli vastustanut sitä aluksi kiivaasti. Hänen mielestään Mabel olisi voinut yltään vaikka mihin. Violet oli pitänyt ajatusta hyvänä ja lopulta hän oli saanut miehensä taipumaan tahtoonsa. Näin heidän ei tarvinnut ruveta etsimään uutta sisäkköä. Tosin Robert kielsi ketään kutsumasta Mabelia sisäköksi, sillä hän ei kuulunut palveluskuntaan vaikka palvelijat olivat osa perhettä. Mabel asui myös edelleen samassa huoneessa kuin aikaisemminkin. Robert oli teetättänyt Mabelille uusia, hienoja pukuja kaupungissa. Violet oli ollut näreissään asiasta mutta kun Robert lupasi hänelle myös uuden pukukerraston, Violet muutti mielensä ja yhdessä he matkustivat kaupunkiin Mabel mukanaan valitsemaan kankaita. Mabel oli nauttinut matkasta mutta ollut hyvin uupunut heidän palattuaan. Kaupungin hälinä ja ihmispaljous ei tuntunut sopivan hänelle. Parhaiten Mabel viihtyi perheen kesken ja hän jutteli palvelijoiden kanssa jotka olivat häneen myös hyvin kiintyneitä. Eläimet olivat myös Mabelin sydäntä lähellä ja Bailey seurasi tyttöä aina joka paikkaan. Edward kävi koulua kaupungissa ja tuli iltaisin kotiin. Hän aikoi opiskella insinööriksi. Robert oli salannut pettymyksen tunteensa kun poika oli ilmoittanut että ei aikonut jatkaa isänsä jalanjäljissä. Mutta tuo tunne oli mennyt nopeasti ohi sillä Robert tunnisti kyllä pojassa oman itsensä. Tämä tahtoi tehdä niinkuin itse halusi. Lisäksi Robertin täytyi myöntää että poika menestyi koulussa loistavin arvosanoin. Kaikki tuntui olevan täydellistä.

Mutta silti, jokin selittämätön tunne kalvoi Robertin sydäntä ja sielua, oli kalvanut kaikki nämä vuodet siitä lähtien kun hän oli löytänyt 'vedenneitonsa'. Aluksi tunne oli ollut silkkaa ihailua, ja ylpeyttäkin. Tyttö oli niin kaunis ja tämä oli osoittanut olevansa taitava piirtäjä ja maalaaja. Mabel oli maalannut heistä kaikista muotokuvat jotka koristivat nyt takanreunusta. Mabel oli jostain syystä halunnut maalata Robertille pitemmät hiukset jotka olivat kiinni takaa mustalla silkkinauhalla. Robert oli pitänyt taulusta, sillä se muistutti häntä nuoruudestaan. Violet oli ollut epäilevä taulun suhteen mutta kun kaikki olivat kehuneet sitä talossa käydessään niin lopulta Violet esitteli sitä jopa itse, ja kertoi millainen luonnonlahjakkuus heillä asui.

Mutta tuo tunne oli vähitellen, kuin varkain kasvanut ja

kehittynyt, ystävyydestä ja kiintymyksestä joksikin muuksi, paljon syvemmäksi ja polttavaksi. Se poltti Robertin sielua, ja aiheutti hänelle omantunnontuskia. Sillä hän oli hyvä mies, sydämeltään ja sielultaan ja hän rakasti vaimoaan. He olivat olleet kauan yhdessä ja kokeneet paljon yhdessä. Mutta silti...Robert ei mahtanut itselleen mitään vaan hän huomasi vähitellen sydämensä taipuvan kauniin Mabelin puoleen. Mabel oli nyt kaksikymmentäkahdeksan vuotias ja Robert oli neljäkymmentäviisi. Silti Robert oli edelleen pitkä ja raamikas, hänen hiuksensa olivat yhtä punaiset kuin ennenkin mutta ne olivat nykyään pidemmät. Robert piti hiuksiaan usein kiinni poninhännällä. Useinmiten Robert ei muistanut eikä viitsinyt ajaa enää partaansa, ja Violetin mielestä hän muistutti enemmän merikapteenia kuin suuren talon isäntää. Arvonimen Robert oli perinyt isältään mutta hän ei välittänyt käyttää sitä muissa kuin virallisissa kirjeissä.

Mabel oli tällä välin suorastaan puhjennut kukkaan. Hänen vaaleat hiuksensa muistuttivat auringonkehrää meren pinnalla. Hänen siniset silmänsä näyttivät useinmiten uneksivilta ja Mabel oli viihtynyt viime aikoina yhä enemmän rannalla yksinään. Hän saattoi istua tuolilla ja katsella merta tuntikausia illalla kun oli ensin suorittanut kaikki askareet talossa. Mabel ei käynyt töissä sillä hänellä riitti töitä Robertin ja

Violetin luona. Robert maksoi hänelle palkkaa vaikka hän ei kuulunutkaan virallisesti palveluskuntaan. Lisäksi Mabel oli ansainnut hyvin maalauksillaan jotka useimmiten esittivät merta tai meriaiheita. Hän oli siis hyvin toimeentuleva, itsenäinen nainen. Mutta Mabel kaipasi päästä purjehtimaan merelle, sillä meri oli yhä hänen toinen kotinsa. Robert oli vienyt hänet muutaman kerran purjehtimaan yhdessä muiden kanssa ja silloin Mabel oli vaikuttanut hyvin levolliselta ja onnelliselta. Se ei ollut jäänyt huomaamatta, ja Robert oli jäänyt miettimään sitä tuskallisen tietoisena, että jonakin päivänä meri vaatisi omansa takaisin, ja Mabel lähtisi pois heidän elämästään. Ja varsinkin Robertin elämästä. Sillä vihdoinkin Robert oli suostunut myöntänyt sen itselleen, minkä oli tiennyt jo jonkin aikaa, että hän rakasti Mabelia. Suloista vedenneitoa, jonka meri oli suonut astella ihmisen jaloin heidän, ja hänen elämäänsä.

Mabel istui jälleen eräänä iltana tuolilla meren rannalla ja kuunteli aaltojen hiljaista laulua. Hänellä oli kaulassaan kaunis kultainen taskukello kultaisessa ketjussa. Robert oli antanut sen hänelle lahjaksi muutama vuosi sitten. Kellon takana oli kaiverrus jossa luki Muista minua. Nyt Mabel tiesi mitä Robert oli tarkoittanut noilla tarkkaan valituilla sanoillaan hänelle. Muista minua, sitten kun olet lähtenyt. Muista rakkauteni. Sillä Mabel oli viime aikoina huomannut miten Robert katsoi häntä, nähnyt tämän syvän ruskeiden silmien katseen seuraavan häntä. Silti miehen silmissä ei näkynyt pahantahtoisuutta vaan syvää ja aitoa rakkautta. Sitä tunnetta miehen oli vaikea enää piilottaa keneltäkään, varsinkaan Mabeliltä. Mabel oli kuullut niin paljon rakkaudesta, lukenut siitä kirjoista ja Mary oli kertonut hänelle vihreät silmänsä loistaen eräästä miehestä jonka kanssa hän seurusteli. Mies oli rikas ja komea ja tämä oli kuin sulaa vahaa Maryn edessä. He olivat näyttäneet niin onnellisilta, kun olivat viime kerran käyneet heidän luonaan vierailulla. Silti, Mabel ei ollut koskaan ollut rakastunut. Voi, kyllä hän rakasti perhettään ja merta. Niin, merta. Paikkaa jonne hän aina kuuluisi, mutta nykyään vain puoliksi sillä viime aikoina hänen sydämensä oli kääntynyt Robertin puoleen. Mies veti häntä puoleensa. Hän ei ollut koskaan pitänyt Robertia isänään, sillä hänellä oli jo isä. Robert oli ollut pikemminkin kuin hyvä ystävä jolle voi kertoa kaiken. Sillä he jakoivat saman kiintymyksen kohteen, eli meren ja sen kasvillisuuden ja eläimistön. Kuinka monet kerrat Robert olikaan iltaisin lukenut hänelle takkatulen loimussa merestä kertovia kirjojaan, ja kun hän oli kertonut työstään meribiologina hänen silmänsä olivat syttyneet loistamaan. Ja Mabel oli kuunnellut, ja lukemattomat kerrat hän oli iltaisin nukkumaan mennessään katsellut ikkunastaan ulos rannalle. Ja viime aikoina hän oli huomannut seuraavansa katseellaan Robertin iltakävelyä rannalla. Sitä miten mies harppoi välillä pitkin askelin ja tutki maata löytääkseen jälleen jonkin kauniin simpukan koristamaan Mabelin huoneen ikkunalautaa, jolle oli jo kertynyt kunnioitettava kokoelma harvinaisuuksia. Voi kyllä, hän tunsi rakkautta! Rakkautta tuota miestä kohtaan joka oli kantanut hänet sisälle tähän taloon niin monta vuotta sitten. Tuota miestä hän rakasti, joka oli kantanut häntä sylissään yhtä hellästi kuin meri keinuttaisi sinua sylissään.

Mabel heräsi ajatuksistaan askelten ääniin. Robert käveli hänen luokseen ja pyysi lupaa istua hänen viereensä. Mabel hymyili hänelle ja viittoi miestä istumaan. Violet oli lähtenyt käymään vanhempiensa luona ja Edward oli koulussa joten vain Robert, Mabel, vanha Harold ja Sarah olivat talossa mukaanlukien uskollinen Bailey. Ensimmäiset tähdet syttyivät taivaalle. Aaltopäät kuohuivat merellä ja tuuli oli navakka. Meri oli yhtä rauhaton kuin Mabelin sydämen kieli. 'Meri on niin kaunis iltaisin, eikö olekin?' Robert kysyi hajamielisenä, aivan kuin hän olisi puhunut enemmän itsekseen kuin Mabelille. Mabel nyökkäsi ja Robert jatkoi; 'Joskus minä olen miettinyt, miksi kaipaan niin paljon merelle. Tahtoisin purjehtia auringonlaskuun ja löytää sinne josta moni ihminen on vain uneksinut'. Mabel katseli Robertia joka tuntui vaipuneen kuin unenomaiseen tilaan. 'Mitä sinä kaipaat, oikeasti?', Mabel kysyi mieheltä ja laski kätensä tämän kädelle joka lepäsi miehen polvella. Robert säpsähti kuin sähköiskun saaneena ja Mabel veti kätensä pois kiireesti ja tuijotti maata jalkojensa juurella posket punoittaen aivan kuin voisi porata katseellaan reiän hiekkaan. Robert kääntyi Mabeliin päin ja otti naisen kädet omien kämmeniensä suojiin.

'Anna anteeksi Mabel, minä vain säikähdin. Säikähdin sinun kosketustasi sillä...se saa minussa aikaan - outoja tunteita', Robert puhui ja silitti hyvin hellästi Mabelin hiuksia, aivan kuin pelkäisi naisen katoavan silmiensä edestä milloin tahansa. 'Sinä kysyit mitä minä kaipaan oikeasti –', Robert jatkoi '- mutta oikeampi kysymysmuoto olisi että ketä minä kaipaan oikeasti'.

Robertista tuntui kuin hänen sydämensä ei olisi koskaan aikaisemmin lyönyt näin lujaa kuin se löi juuri nyt. Ääni tuntui kuin rumpujen lyönneiltä iltahämärässä. Mabel tuijotti yhä maahan ja hänen pitkät ja kapeat sormensa tiukensivat otettaan Robertin käsistä. Mabel nojautui lähemmäs Robertia ja painoi päänsä tämän olkapäälle. Robert kietoi kätensä Mabelin ympärille aivan samoin kuin monta vuotta sitten kun meri huuhtoi tämän rannalle. Mabel huokaisi tuskin kuuluvasti ja sulki silmänsä. Mabel haistoi meren suolaisen tuoksun joka oli tarttunut myös Robertin vaatteisiin ja tämän iholle. Robertin parransänki kutitti Mabelin ihoa miehen nojatessa päätään

Mabelin otsaa vasten. Muutamat punaiset suortuvat olivat karanneet irti Robertin hiuslenkistä ja ne sekoittuivat Mabelin kullanvaaleisiin hiuksiin jotka olivat sillä hetkellä vapaina. Tuuli kävi rannalle mereltä päin ja sekoitti heidän hiuksensa toistensa lomitse aivan kuin auringonlaskun punainen meren kultaisella sillalla. 'Minä rakastan sinua, Mabel', Robert kuiskasi tuskin kuuluvalla äänellä. Hänen sydämensä tuntui pakahtuvan tähän paikkaan, jos hän ei kertoisi tunteistaan. 'Ja jonain päivänä meri vaatii omansa takaisin, ja sinä lähdet. Minä, minä en – en kestäisi sitä...' Robert jatkoi mutta hänen äänensä sortui yhtäkkiä ja suolaiset kyyneleet valuivat valtoimenaan alas hänen poskiaan pitkin ja osuivat Mabelin hiuksille ja hänen poskillensa. Mabel nousi istumaan ja otti Robertin kasvot käsiensä väliin ja katsoi miestä syvälle silmiin. Hetken aikaa tuntui siltä kuin he olisivat olleet ainoat ihmiset koko maailmassa ja vain meri voisi erottaa heidät toisistaan. Mabel puhui ja hänen äänensä oli kuin meren laulu, laulu jonka sanat olivat kauan aikaa sitten jo unohdetut. 'Minä rakastan sinua, Robert, tiedän sen nyt. Sinä olet sydämeni, kaikkeni. Älä itke, rakas. Sillä minä olen tässä enkä aio jättää sinua'.

Mabel ja Robert istuivat rannalla vielä pitkälle yöhön. Tähdenlento toisensa perään lensi taivaankannen poikki, pitkät kultaiset pyrstöt seuraten perässä. Kaikkialla tuntui ilmassa taianomainen tunne, ikiaikainen ja sanaton voima. Mabel nojasi Robertin olkapäätä vasten ja mies silitti hänen kultaisia hiuksiaan jotka valuivat valtoimenaan kuin putous miehen olkapäitä pitkin tämän polville. Sormus Robertin nimettömässä tuntui yhtäkkiä raskaalta ja se poltti hänen sormeaan. Roberti puristi sormusta toisen kämmenensä suojiin, aivan voisi saada sen katoamaan. Mutta sormus oli ja pysyi. Robert huokaisi ja ääni herätti Mabelin ajatuksistaan ja hän nosti katseensa miehen kasvoihin. 'Mikä hätänä?', Mabel kysyi puoliksi hymyillen mutta huomatessaan miten Robert pusersi rystyset valkoisina vasemman kätensä nimetöntä Mabelin hymy kuoli hänen huulilleen. Hän piilotti kasvonsa Robertin olkapäätä vasten jottei tämä näkisi kyyneleitä jotka valuivat hänen poskiaan pitkin, hiljaisina yössä kuin pieni puro virtaa uomassaan. Mabel melkein näki näkymättömän taakan miehen harteilla, tunsi tämän sydämenlyönnit paidan läpi. Mabel painoi kätensä Robertin sydämen kohdalle ja sulki silmänsä. Kuiskaus nousi tuulen mukana ylöspäin ja ylöspäin kunnes se katosi tähtien lomaan. Älä anna rakkauteni olla taakka sinulle, rakkaani. Missä ikinä sinä oletkin tässä maailmassa, siellä olen myös minä. Meren syvyyksistä minä laulan sinulle lauluani jonka tuuli kantaa sinun korviisi. Nuku nyt rakkaani, nuku Marianden laulaessa sinulle.

Meri oli peilityyni kun Mariande lauloi Mabelin sielun syvyyksistä. Koko maailma tuntui pysähtyneen kuuntelemaan ja loputtomalta taivaalta kirkas tahtienvyö heijastui meren tummanpuhuvasta pinnasta. Robert oli näkevinään Mabelin vedenneidon hahmossaan, pitkä pyrstö hohti safiirin sinisenä, auringonkehrä herttaisten kasvojen kehyksinä ja suuret, taivaansiniset silmät peilasivat meren sydäntä. Aika tuntui pysähtyneen ja menettäneen merkityksensä. Robertin katse harhaili naisesta tähtikirkkaalle taivaalle ja sieltä taivaanrantaan, sinne missä meri kohtasi tähdet ja auringon, ja ilo ja riemu oli suunnaton. Robert käänsi uneksivan katseensa takaisin Mabeliä kohti ja avasi suunsa sanoakseen jotain mutta pysähtyi niille sijoilleen. Mabel oli kadonnut! Robert nousi hätäisenä, melkein kompastui jalkoihinsa ja etsi kuumeisesti Mabelia, huusi naisen nimeä yhä uudestaan ja uudestaan, mutta yöstä vastasi vain hänen oman äänensä lohduton kaiku joka kimpoili läheisistä kallioista. Vain jalanjäljet hiekassa olivat jääneet jäljelle naisesta jota hän rakasti yhtä paljon kuin rakasti merta ja lokkien taidokasta lentoa vaahtopäiden ylitse.

Ja meri vaati lopulta omansa takaisin ja hän lähti. Hän, jolla oli meren sydän.

1931

Minä tein valintani jo kauan sitten.

Robert istui tutulla tuolilla rannalla ja katseli ulapalle.
Meri oli yhtä tyyni kuin silloin kun Mabel oli laulanut hänelle
tässä paikassa. Monta päivää hän oli etsinyt Mabeliä rannalta ja
mereltä. Päivät olivat muuttuneet ensin viikoiksi, sitten
kuukausiksi ja lopulta kokonainen, loputtomalta tuntuva vuosi
oli kulunut siitä kun hän oli saanut pitää naista sylissään, ja oli
viimeinkin tuntenut olevansa ehjä ja kokonainen eikä vain
tuuliajolla oleva pursi jonka purjeet olivat kadonneet. Robert oli
vaipunut synkkyyteen. Hän oli vaipunut meren tummaan syliin,
syvyyksiin joista ei ollut paluuta. Voi Mabel! Mabel! Miksi jätit
minut! Mab - el , Robert päästi tuskan äänähdyksen ja nimi kuoli
hänen huulilleen. Robert kätki kasvonsa suurten kämmeniensä
suojiin jotka suolainen merituuli ja auringonpaahde olivat
päivettäneet merimatkojen aikana.

Violet oli luovuttanut, hän ei enää keksinyt millä
ihmeellä saisi miehensä takaisin elävien joukkoon,
kirjaimellisesti. Hän oli ollut yhtä huolissaan Mabelistä
palatessaan ja kuullessaan miehensä sekavan selostuksen naisen
katoamisesta. Palvelijat oli hälytetty apuun ja muutaman päivän
päästä myös poliisi liittyi etsintöihin. Kolmen kuukauden

jälkeen etsinnät lopetettiin. Lopulta poliiseilla ei ollut muuta jäljellä kuin muutama rohkaiseva sana. Robert tuntui kuihtuvan pois, aivan kuin puu, joka seisoi heidän talonsa lähettyvillä, se joka oli ollut lähimpänä vierashuonetta ja Mabelin huoneen ikkunalautaa, kuihtuu syksyn tullen ja kauniit vaaleanpunaiset kukat lakastuivat ennen aikojaan.

Edward yritti lohduttaa isäänsä ja oli myös itse hyvin murtunut Mabelin lähdöstä jolle kukaan ei saanut selitystä. Ei sanaa 'olen kunnossa, älkää etsikö minua'. Ei mitään. Mary kaipasi ystäväänsä, ja puolen vuoden päästä siitä kun Mabel katosi, hän lopulta piti ne häät joihin hänen oli pitänyt pyytää ystävänsä kaasokseen. Mary sai oman rakkaansa joka jumaloi maata hänen jalkojensa juurella. Mutta Robert tunsi itsensä vanhaksi, aivan liian vanhaksi. Hän oli aina rakastanut tarinoita merestä ja varsinkin vedenneidoista. Mutta nyt kaikki nuo upeat, vanhat ja värikkäästi kuvitetut kirjat pölyttyivät matka-arkuissa joihin Robert oli ne pakannut sillä hän ei kestänyt enää katsella eikä lukea niitä. Mabelin huone oli jäänyt koskemattomaksi ja ikkunalaudalla olivat yhä Robertin keräämät simpukat ja näkinkengät. Robert jatkoi silloin tällöin työtään mutta kaikesta oli kadonnut ilo. Hän oli paikalla mutta ei ollut läsnä, ja monesti Violet itki itsensä uneen. Hänestä tuntui että Mabel oli tullut ja vienyt Robertin mukanaan lähtiessään. Vain tuo tyhjän kaltainen kuori joka muistutti hänen miestään, oli jäänyt jäljelle.

Robert oli vaipunut ajatuksiinsa kun hän kuuli askelia läheltään. 'Mabel, sinäkö se olet?' Robert käännähti toiveikkaana mutta lysähti kasaan kun näki ettei tulija ollutkaan Mabel.

Edward istuutui isänsä viereen joka yritti peittää parhaansa mukaan pettymyksen tunteet jotka näkyivät hänen kasvoiltaan.

Edward laski kätensä isänsä olkapäälle ja sanoi; 'Isä, olen pahoillani etten voi tuoda häntä takaisin. Tiedän että sinäkin rakastit häntä. Ehkä jopa enemmän ja eri tavalla kuin minä mutta – ' Robert avasi suunsa puhuakseen, ja tunteet paistoivat hänen kasvoiltaan kuin avoimen kirjan sivuilta, mutta Edward vain heilautti kättään keskeyttääkseen isänsä ja jatkoi hymyillen tämän yllättyneelle ilmeelle. ' Älä näytä noin hämmästyneeltä, isä. Minä kyllä tiedän että sinä rakastit häntä ja rakastat yhä edelleen. Mutta toivon ettet ole unohtanut äitiä, sillä hän on aivan epätoivoinen koska ei ymmärrä miksi sinä et pääse tämän yli.' Robert avasi jälleen suunsa puhuakseen mutta ei tuntunut löytävän sanoja. Mitä hän olisikaan voinut sanoa pojalleen ja tämän äidille, jota hän oli kerran rakastanut ja uskoi vielä rakastavansa, kaikesta huolimatta, siitä että hän oli rakastunut toiseen naiseen, naiseen jonka hän uskoi olleen vedenneito. Robert katsoi poikaansa, joka hymyili urhoollisesti. 'Edward, sinä olet minulle rakas, samoin kuin äitisi. Ja olet oikeassa siinä että minun pitäisi ryhdistäytyä. Anna anteeksi'. Robert halasi Edwardia. 'Älä unohda pyytää anteeksi äidiltä', Edward lisäsi hymyillen. Robert nyökkäsi.

Edward nousi lähteäkseen ja kääntyi isänsä puoleen. 'Minä tulen ihan pian, istun täällä vielä hetken', Robert sanoi. 'Hyvä on –', Edward sanoi, ja oli jo lähdössä talolle päin mutta kääntyikin yhtäkkiä takaisin, ja ojensi kätensä isäänsä kohti. 'Ai niin, melkein unohdin tämän. Löysin sen rannalta vähän sen jälkeen kun olit pelastanut Mabelin veden varasta, monta vuotta sitten. Piilotin sen eteisen suuren maljakkoon sillä halusin pitää sen salaisuutena ja omana aarteenani. Sen jälkeen unohdin sen kunnes muistin sen yhtäkkiä tänään'. Robert kääntyi katsomaan Edwardia ja sitä mitä hän piteli kädellään. Pieni, erittäin taidokkaasti tehty sininen posliinikala joka seisoi pyrstönsä varassa ja kurkotti kohti taivasta. Robert otti posliinikalan erittäin varovasti käsiinsä ja jäi katselemaan sitä unohtaen täysin toisen läsnäolon. Edward nousi rinnettä ylös ja törmäsi äitiinsä joka oli tullut kuistille häntä etsimään. 'Missä isäsi on? Oletko nähnyt häntä?' Violet kysyi ja puristi hermostuneena paitansa rintamusta. 'Isä on rannalla, niinkuin yleensä. Hän tulee pian. Teidän kannattaisi puhua keskenänne'. Edward halasi äitiään ja meni sisälle. Violet jäi seisomaan kuistille yksinään, valon kajastaessa hänen takaansa kodikkaasta olohuoneesta.

Mutta Violet tunsi miten kylmät väristykset kulkivat hänen selkäänsä pitkin ja häntä paleli vaikka takassa oli tuli. Violet enemmänkin aavisti kuin arvasi mitä tuleman piti. Robert katseli posliinikalaa joka näytti hyvin kauniilta. Nyt vasta hän huomasi että sillä oli silminään pienen pienet timantit, jotka säihkyivät kuin tähdet. Täysikuu oli kivunnut taivaankannen korkeimmalle kohdalle. Normaalisti kuului aina joitain yöllisiä ääniä mutta nyt oli epätavallisen hiljaista. Jokin muisto, muisto menneisyydestä kutsui häntä. Unohduksiin painunut sana, joka katosi juuri ennen kuin hän saavutti sen. Mitä Mabel oli laulanut hänelle silloin, vuosi sitten tällä rannalla? Hän oli kutsunut itseään eri nimellä, voi kunpa hän vain muistaisi mikä se nimi oli! Robert tuskastui ja kätki kasvonsa kämmeniinsä. Posliinikalan viileä pinta painoi hänen poskeaan vasten. Kuiskaus tuskin kantoi hänen korviinsa. Mariande. Mariande. Se se oli! Robert puristi posliinikalaa käsissään ja lausui nimen tällä kertaa voimakkaammin, se kumpusi syvältä hänen sydämestään ja piinatusta sielustaan. 'Mariande!' Yhtäkkiä tuuli alkoi nousta, se nousi mereltä päin ja puhalsi suolaisen tervehdyksensä Robertin kasvoille. Meri muuttui rauhattomaksi, ja aallot kohosivat vaahtopäineen yhä ylemmäs ja ylemmäs kunnes näytti siltä kuin meri itsekin huokailisi ikävästä. Tuuli kantoi yössä laulun sanoja, jotka kuulostivat hyvin kauniilta. Robert tunnisti tuon äänen! 'Mabel?', Robert kuiskasi kun suunnattoman suuri aalto kävi rantaan ja iskeytyi tuolia vasten ja ulottui Robertia miltein polviin asti. Robert horjahti ja otti tukea tuolista ettei kaatuisi. Aalto vetäytyi takaisin mereen yhtä nopeasti kuin oli tullutkin, ja silloin Robert näki hänet. Mabel seisoi rannalla, yhtä kauniina kuin ennenkin. Kultaiset hiukset olivat valtoimenaan ja täynnä toinen toistaan kauniimpia simpukoita ja näkinkenkiä. Mabelin yllä oleva puku loisti kuin hopeinen suomupinta, ja laahus ulottui vedenrajaan saakka. Hänen silmänsä! Yhtä siniset kuin meri itse, ja täynnä rakkautta ja kaipausta. Robert horjahti eteenpäin kohti Mabeliä, mutta hänen jalkansa eivät tuntuneet kantavan ja hän kaatui naisen syliin sillä Mabel oli rientänyt hänen luokseen.

'Ma-bel? Sinäkö se olet?' Robert sanoi, tuskin uskoen omia silmiään, kun Mabel laski hänet hellästi istumaan hiekalle. 'Kyllä, se olen minä. Sinä kutsuit minua oikealla nimelläni, sillä jolla minut tunnetaan meren valtakunnassa. Sinä siis muistit sen?' Mabel sanoi hymyillen ja pyyhki Robertin otsalta pari märkää hiussuortuvaa. 'Kyllä, minä muistin sen, sillä joku kuiskasi sen korviini. Miksi sinä lähdit? Oi miksi lähdit ja veit sydämeni mukanasi!' Robert parkaisi ja piteli kättään sydämensä kohdalla. Mabel veti hänet syliinsä ja silitti Robertin poskea joka oli kostea kaikista kyynelistä. 'Minä sanoin, enkä sanonutkin että meri vaatisi vielä omansa takaisin!' Robert nyyhkytti entistä kovemmin ja piteli Mabelistä kiinni aivan kuin hukkuva tarttuu ojennettuun apuun. 'Anna anteeksi, rakkaani. Minä halusin säästää sinut tuskalta, siltä valinnalta joka sinun lopulta olisi ollut pakko tehdä'. Mabelin puhuessa Robert nousi paremmin istumaan ja katsoi naisen kauniita kasvoja kuun loisteessa. Mabel huomasi miehen kysyvän katseen. 'Mikä valinta, rakkaani? Sinä tiedät että olen rakastanut sinua kauemmin kuin ketään muuta tässä maailmassa, lukuunottamatta äitiäni. Rakastin merta jo pikkupoikana, leikin aina rannalla ja etsin aarteita hiekasta joita meri oli kuljettanut kaukaa. Minä uneksin rannalla ja itkin täällä katkerimmat suruni. Minä rakastin merta, ja rakastin siis myös sinua, jo kauan aikaa sitten'. Mabel katseli Robertia sydän täynnä rakkautta. Robert veti Mabelin syleilyynsä ja naisen hengitys tuntui hänen ihollaan samalta kuin vesipisarat jotka satoivat taivaalta alas. Robertin ruskeat silmät näyttivät heijastelevan kaikkia niitä tunteita joita hän oli pitänyt sisällään kaikki nämä vuodet. Mabel horjui, hän tunsi miten meri veti häntä vastustamottamasti puoleensa, kutsui häntä. Mutta Mabel tiukensi otettaan Robertista ja naisen siniset silmät olivat kuin kaksi pohjatonta lampea joiden pinta väreili tuulessa. 'Minä tein valintani jo kauan sitten', Mabel kuiskasi ja painoi suolaisen suudelman Robertin huulille. Miljoona tuntemusta risteili Robertin mielessä ja hänen ajatuksensa muuttuivat vähitellen yhtä sumuisiksi kuin aamu-usva meren yllä sateen jälkeen. Aika ja paikka katosivat. Oli vain Mabel, meri ja minä.

'Tule mukaani, ja minä pyyhin sinun kyyneleesi'.